中国高等院校广告与设计系列教材

平面广告设计

PRINTING ADVERTISING DESIGN

徐阳 刘瑛 编著

上海人民美术出版社

序

好的广告简单来说，就是创意+视觉表现，但如何将两者融合，确实不简单。广告学类的学生重在概念，艺术设计类的学生，偏在视觉表现，两者如何融通，成为了教学关键，同时也成为今后从事广告实战的关键。

本书以此为着眼点，从策略入手，深入分析创意手法到视觉表现，特别是在案例分析上，图文并茂，做到与理论解析同步，同时配合教材还有相关课内外训练，让读者在教学与实训中能真正领会广告创作的要点。

以本书为主要框架的教学已在上海师范大学广告学专业开展多年，并获得了骄人的成绩，众多学生进入4A公司从业，学生作品多次在教育部主办的全国大学生广告比赛、金犊奖、学院杯等赛事中获得佳绩。本书不仅是一本经典的教材，其中对创意手法、图形表现手法的梳理归纳，配以大量最新、国内外高水准的案例，也定能给广告创意设计从业人员以启发。

策略
详见第五章

创意
详见第七章

图形
详见第十三章

利益

品牌
定位
情感
目标
时机
对比
……

生活经验
生活片断
直面现实
大众文化
流行时尚
感官联想
幻想
激励
误导
解构重组
比较
夸张
真实与正宗
妙语戏说
……

比喻
双关
借代
对比
类比
夸张
比拟
同构嫁接
局部象形
聚集成形
倒影成形
独特视角
偶合手法
……

汽车产品的
利益点细分

安全性

图形/比喻　　　　　　　　　创意/感官联想

节油

图形/无理　　　　　　　　　图形/夸张

速度

创意/制造悬疑　　　　　　　创意/生活经验

越野性能

创意/制造悬疑　　　　　　　创意/改变预期

造型外观

创意/改变预期　　　　　　　图形/类比

大空间

创意/夸张　　　　　　　　　图形/比拟

音响设备

图形/借代　　　　　　　　　图形/同构

平稳舒适

图形/比喻　　　　　　　　　创意/生活片断

以上广告都是由利益策略引发的，
但各个广告在创意手法与图形表现手法上各不同，由此产生不同的作品效果

创意/风趣幽默.制造悬疑

图形/比喻

创意/风趣幽默.制造悬疑

图形/同构

创意/真情流露

图形/独特视角

图形/独特视角

图形/独特视角

图形/同构

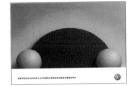

图形/类比

创意/大众文化

图形/倒影

XL广告创意思维图谱

为了能够更好地理解本书的教学思路与核心方法，我们制作了此图谱。不管是阅读本书前还是阅读完后，在进行广告创意时定能够给大家以启发。

此图谱以汽车产品为例，列举了多种品牌，从中可清晰看出，最终的广告作品都是基于策略到创意、或到图形表现这一过程。本图谱就是以利益策略为基点，将汽车不同的利益点分解，然后逐一进行创意手法以及图形表现手法的应用。由此换成其他产品，或切换成其他策略点，如目标、时机等，同样适用。

由于篇幅有限，图例较小，并无法逐一点评，大家可登录作者博客
http://blog.sina.com.cn/impact2077

博客中有所有案例大图以及创意解释，大家也可对本书给予意见与留言：）

创意策略模糊、创意思维无法打开、视觉表现漫无目的……赶快阅读本书以及相关案例，掌握我们的XL广告创意法，你会发现创意如此容易，你的广告创作将进入新的里程！

目录
CONTENTS

第三部分　视觉篇

第四部分　媒体篇

第一部分 概念篇

第一章 概念认知

第一节 什么是广告设计

一、广告的概念

所谓广告，从汉语的字面意义理解，就是"广而告之"，即向公众通知某一件事，或劝告大众遵守某一规定。但这并不能成为广告的准确定义，而是对广告的一种广义的解释，说明广告是向大众传播信息的一种手段。《辞海》给广告下的定义是："向公众介绍商品，报导服务内容和文艺节目等的一种宣传方式，一般通过报刊、电台、电视台、招贴、电影、幻灯、橱窗布置、商品陈列的形式来进行。"《辞海》对广告的解释更偏广义，其中涉及了公益、文化、商业等各类型广告。《广告法》对广告的定义是："广告是指商品经营者或者服务提供者承担费用，通过一定媒介和形式直接或者间接地介绍自己所推销的商品或者所提供的服务的商业广告。"《广告法》对广告的定义限定在商业广告。

二、广告设计的概念

广告设计与广告在概念上存在区别。广告设计是广告行为活动中的重要环节，广告设计从狭义上属于广告的执行阶段，即通过对图文色的应用进行广告的视觉创作与编排；从广义上，是指在策略定位的前提下，利用创意、形式美感进行广告的创作，因此，广告设计完整地讲应该包括创意构思与视觉表现。

广告设计＝创意构思＋视觉表现。打个比方，创意如同糖果，其口味的精彩程度构成了整个作品的核心价值，而视觉表现如同糖纸，准确的形象可以完美诠释其内涵。

百事可乐的新形象推广。百事利用电视、报纸杂志、网络等多种媒介向大众告知新的理念，从准确的定位、整合的策划，到最合适的视觉表现与媒介的应用，全新的形象再次成功地被广而告之。现在的广告早已不只是设计师个人的美术创作，而是商业策略中的一环，它融合了策略、创意、文案、媒介形成完美的计划，达到品牌告知以至说服的目的。

第二节 广告设计的功能 ——告知、说服、激发欲望

一、广告的功能

广告的功能在于说服和促销；任务在于推销产品，有效地传递商品和服务信息，树立良好的品牌和企业形象，激发消费者的购买欲求，说服目标受众改变态度进行购买，并从精神上给人以美的享受，最后达到促进销售的目的。

二、广告设计的功能

广告设计的功能就是将广告策略意图通过合理的编排、创意，准确地传达给目标受众；任务在于告知、说服、激发欲望；就是要在适当的时机、适当的地点，利用准确精彩的创意与视觉画面形成对目标消费者必要的刺激，使之产生对产品或服务的消费欲望。

第三节 平面广告的类别

所谓平面广告（Print Ads）是基于印刷、打印等技术，以纸质为主要媒介的广告形式，主要有报纸广告、杂志广告、户外广告等。随着网络、IT新媒体的发展，平面广告延伸至网络广告。

一、按广告性质分类

大体分营利性广告与非营利性公告两大类别。其中主要包括商业广告、公益广告、文化类广告等门类。

1. 营利性广告
（1）商业广告：当前经济社会广告的主流内容。包括传达各类商品信息、品牌信息、服务信息、商业活动信息等商业资讯的广告，商家借此谋得商业利润。

（2）文化娱乐广告：包括科技、教育、文学艺术、新闻出版、文物、体育、音乐、舞蹈、戏剧的演出广告、电影广告。与通常的商品广告存在的主要差别在于广告推广的是文化类商品，广告由此而具有特定的文化艺术气质，具有启迪心灵、丰富人们的精神生活的作用。

2. 非营利性广告
（1）政治广告：带有政治立场与目的的广告宣传。例如政党活动通告、政府政治宣传等。

（2）公益广告：所谓公益广告是以社会规范及公共道德为出发点，培养与鼓励良性的社会行为，宣扬社会的责任心与爱心，促进社会和谐以及人类的共同进步。例如：和平、环保、生命、平等主题。

上图. 环保公益组织宣传广告。采用图形表现，直观而浅显易懂，给人以警醒。

左图. Coke Blak饮料广告。广告语"核聚变"，"化学反应 ——照亮你的每一天"。在充斥广告的时代，直白的告知会显得苍白，教条的说服会让人排斥，于是运用震撼的画面效果，也许是行之有效的方法。

第四节 广告之艺术

一、媒体的多样性决定广告的多元性

广告所用的不同媒体造成它有时是视觉艺术，如报纸广告、杂志广告、招贴广告、邮递广告、路牌广告等，有时是听觉艺术，有时又是视听相结合的艺术；有时是空间艺术，有时又是时间艺术；有时既是空间艺术，又是时间艺术。广告艺术的多样性产生于媒体的多样性，造成有某种广告媒体就有与之相适应的广告艺术。

二、艺术的丰富性丰富了广告

广告犹如一面镜子，功利的背后承载有不同时期、不同地域、不同民族与之相应的不同的人文与艺术。通过广告，受众感受到丰富多样的艺术情趣。对于受众而言，即便这则广告与己无关，好的视觉设计仍感觉悦目。因此，广告除去传播信息的实际功能，还具有了相对独立的观赏价值。

艺术的丰富性丰富了广告，令广告诉求的言语变得生动、委婉、巧妙。广告利用了艺术，将艺术的魅力转化为广告的感染力，拉近了与受众交流的心理距离。

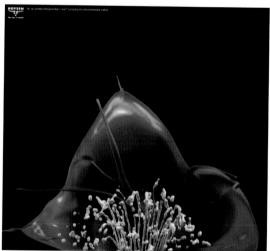

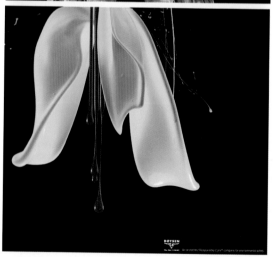

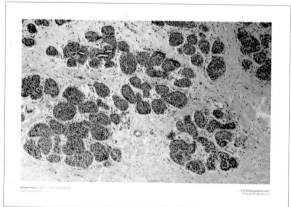

上图. 涂料广告。有时视觉艺术美达到了极致，就具有了最强的感染力与说服力。

左图. 宣传早期检查抗癌的广告。广告语"早期诊断无捷径"。没有枯燥的口号，借助如同艺术作品的画面（癌细胞显微图），委婉巧妙地鼓励人们进行早期检查，克服对病症的恐惧。

第二章
现代广告设计的历史与未来

第一节 现代广告的发展历程

现代广告发展的历程伴随着技术发展的历程。科技的发展导致新媒体的产生，新的媒体决定新的广告形式。广告的发展是由技术发展、文化发展以及市场竞争的日趋激烈推动的。

回顾现代广告设计发展历程，可以清晰地捕捉到：广告设计是随着媒介技术的发展而发展的。例如：20世纪印刷产业从萌生、发展走向成熟，其间，广告得以更广泛地被复制传播。印刷媒体也成为这一时期的主流媒体形式之一。

20世纪80-90年代开始，电脑图文技术兴起，彻底改换了广告的设计手段。电脑图文技术几乎可以实现任意一种视觉可能，视觉艺术的创想空间被极大扩张。新视觉风格产生，多元艺术形式百花齐放。

2000年后步入网络科技时代，信息自由共享，新兴的网络媒体的飞速成长令人侧目。对于新生的网络广告市场还在摸索与探究，这成为现今广告设计研究的新课题。

一、现代广告开端

19世纪80年代西方资本主义步入垄断经济时代，大工业的普及使得批量化的产品涌入市场，争取更多的顾客熟悉商品以促进销售，此时的广告无疑是一种重要的促销手段。迅速成长的商业市场成为现代广告成长的丰润土壤。

此阶段的广告形式是以招贴画和路牌广告为主。广告设计多是由画家兼任的，并没有专业的广告设计师。即使是商业广告，画面往往是写实主义的绘画，与艺术的界限并不明晰。艺术型的广告在之后的六七十年间一直处于主流，商业的观念并未成型，这一时期可以看到大量战争广告、公益广告的海报作品。

二、印刷媒体时代

20世纪40年代印刷技术的发展已能满足大量书刊的定期出版，广告也随即出现在上面。报纸、杂志取代招贴路牌的地位，转而成为主要的大众媒介形式。也正由于这一转变，大量的文字信息被排版进广告画面，广告的文案也和画面一样，成为广告制作中重要的元素。

20世纪50年代的广告虽然艺术气息仍然浓厚，但已开始重视商业效果。设计史上具有里程碑意义的"包豪斯"现代设计运动奠定了现代设计的理念基础，影响设计走向专业领域。专业的广告设计队伍逐步形成。

广告的表现手法除惯用的写实主义绘画外，构成主义、超现实主义、漫画等手法加入进来，直至最终被广告摄影所取代。广告摄影因其表现真实性、丰富性、制作迅速及强烈的生活味，优于绘画而最终成为印刷广告的头等要素。

三、电脑图文技术时代

大众传媒在家庭受众目标上取得惊人发展，报纸、杂志、广播和电视共同成为"四大媒体"。在新技术的带动下，新产品层出不穷，市场转向竞争激烈的买方市场。现代广告设计综合了对视觉传达手段、消费心理、市场营销、品牌管理的多向研究。设计理念更具战略性，现代广告进入快速发展时期。

高度专业化的广告设计队伍已经形成，专业分工越来越细：总体规划、文案编排、摄影、绘画、植字、印刷、发行都有专人负责。摄影成了最主要的画面表现手段，电脑图文技术取代传统广告制作手段，对视觉设计影响巨大，更具想象力与表现力的广告画面得以实现，广告制作品质及效率大大提升。

四、多媒体与网络科技时代

因特网在全世界范围内进入了寻常百姓家，成为现代人生活的一部分。伴随因特网的发展，"在线广告"也迅速发展起来。

网络广告具备先进的多媒体技术，拥有灵活多样的广告投放形式。目前网络广告主要是以横幅式广告（Banner）出现较多（静态、动态、交互式），此外还包括按钮式广告、赞助式广告、电子邮件式广告、弹跳广告、互动游戏式广告等。网络广告在形式、技术上的突破，将刺激传统媒体广告产生新的创意，传统的广告理念也随之发生变化。

可口可乐广告。从传统的手绘到以摄影为主的大幅影像，再到电脑的纷繁图形，可以看出技术对于艺术表现手段的推进，但不变的是广告的主题、品牌的核心理念，于是喜悦的笑脸贯穿了将近100年。

第二节
现代广告设计的发展趋势

上节对现代广告发展历史做了简述，科技、文化与市场的变化对广告的推动力可见一斑。而现代广告的发展正因此呈现新的变化。

一、广告目的从产品促销转向品牌塑造

"我们的目的是销售，否则便不是在做广告"，大卫·奥格威如是说。历经半个世纪，奥氏的话语仍然闪烁着格言式的光辉，但是在工业社会到信息社会的转变过程中，整个社会都经历着一场深刻的变革。广告的目的也随之发生了转变，更倾向于产品品牌的塑造。这一趋势促使我们作为广告设计师，需要树立新的广告观念。

传统广告观：做产品、做功能、传达商品信息——做法与方式是"告诉消费者"。

新锐广告观：做品牌、做个性、满足欲望需求——做法与方式是"注意消费者"。

广告观念的改变决定了广告设计作业路线是：品牌概念——大创意概念——创意策略单——创意作品。

没有观念，广告创意就不知该如何做，设计师只能是枪手；有了品牌塑造意识，就有了原创动力支点，设计师不再是盯着一个作品，而是在大创意概念指引下追寻广告投入的终极目标——塑造个性、实现印象、建立地位、提高市场占有率。

右图. 自行车广告。由变形金刚引发的创意，其中关键是设计师出色的3D绘图技巧让人叹为观止。

二、广告媒介的数字化与网络化

广告的制作以及传播愈加数字化与网络化，新的技术除了带来前所未有的创作效率与传播速度外，也造就了层出不穷的新视觉形式。随着计算机国际互联网络的发展，网络已经成为诉诸视觉和听觉符号，能够传播文字、声音、图片、运动图像的一种新的传播媒介。互联网广告具有互动性强、成本低、无区域限制、表现形式丰富等特点，成为近年来增长飞速的新型广告媒体。网络正在改变着世界，整个广告的业态也不能幸免，设计师虽然在进行广告的创意，但也许有一天他也会成为广告主，为自己能提供的设计服务而进行广而告之。

广告的数字化与网络化趋势促使设计师需要掌握相关的创作软硬件，毕竟设计是艺术与技术的综合体，缺乏技术的支持，如同工匠没有了工具，再完美的构思也无法执行，而一味偏重对技术的单纯学习，而缺乏视觉修养的提高，那只能成为现代信息机器的部件。因此，我们需要培养合理的学习方法：学会欣赏、模仿、评价优秀作品，并与软件操作实践结合。

旅游广告。设计师充满想象力的创意，在精彩的图像合成技巧下得以呈现。

三、个性化的消费者与分众导致广告传播更加细分

随着媒体的受众出现了前所未有的分层，广告制作中，传播也得讲究相应的策略，以顺应"分众化"的潮流。这要求设计师摒弃以自我为中心的设计思路，更多地接触消费者，体会理解他们的需要，拓展自己的阅历，同时培养自己更敏锐的观察力。记住"注意消费者"是沟通的基础，"塑造个性"才能有效打动特定的人群以"建立印象"，如何将设计师自我的个性风格自然地嵌入到整个广告计划中去将是成功的关键。

四、广告传播愈加间接、形式愈加隐性

当今的时代，广告似乎无处不在，杂乱、枯燥的广告信息导致了说服力的下降。于是广告正借助讨好的创意手法，或是利用网络等新媒体愈加间接、隐形地传播，以达到诱导、说服受众的目的。类似资讯的杂志、博客、论坛、口碑网站，其实在他们的背后，是商家赞助的有偿信息，消费者的主动搜寻、仔细阅览这些信息，也许正是落入这些所谓软广告的陷阱。

五、趋势总结

广告的发展趋势影响了广告设计的发展，综上所述，可以总结以下几点给予大家启示。
1. 从以设计师为核心转向以消费者为核心。
2. 由独立的操作转向以策划为基础、创意为先的设计执行。
3. 呈现出信息传达的功能性与审美情感的更佳融合状态。

创可贴广告。想消费者所想，以消费者为核心，家长对孩子的关爱犹如十指连心，创意由此而来。

儿童食品广告。趣味性的字体设计不仅吸引阅读，让消费者了解产品的功能，同时更会营造出审美的趣味性，给品牌增加活力。

第三章 广告设计执行要素

第一节 广告设计的构成要素

广告设计的开展必然包括以下六个基本的构成要素，这六项构成要素是从不同方面及层面对广告设计本身产生影响：

1. 委托者
委托者指商品的经营者或服务的提供者，设计的委托方。
2. 目标受众
根据商品特点、行销重点而确定的目标人群，设计针对的受众。
3. 设计内容
设计传播的信息内容，包括商品信息、企业信息、活动信息、策略信息等。
4. 发布媒介
设计传播的载体，如报纸、杂志、电视、网站、户外广告等，不同媒介有其各自的特点。
5. 营销目标
行销计划在一定时间段预计完成的整体目标。
6. 项目费用
委托方计划投入设计环节的资金预算。

第二节 广告设计操作流程

一、广告设计的操作流程

广告设计的操作流程大致是：调研—策划—创意—视觉设计—发布执行。

二、广告设计流程的3大阶段

1. 前期调查阶段
调研客户情况、企业产品情况、市场情况、消费者情况等。
2. 中期实施阶段
（1）制定推广计划、推广目标与定位；
（2）形成广告策略；
（3）提取广告创意概念；
（4）进行视觉表现：A格调风格定位、B图形设计、C文案编辑、D材料选择；
（5）媒体发布：A媒介选择，B地区权责，C时间选择。
3. 后期检测阶段
销售情况、品牌认知度的市场检验。

以上3个阶段中，第二阶段成为我们通常所指的狭义上的广告设计，广义上其实还包括了前期的调研阶段与后期的检验阶段。

第四章 广告公司与广告行业

广告公司是为客户提供广告创意、营销及其他商业服务的企业。这些服务包括策划、创意、设计、制作、发布、营销等。20世纪的80年代后期，一些著名的广告公司相互合并，形成了现在几大著名的全球性的广告集团，例如：

1. 奥姆尼康集团——全球规模最大的广告传播团。
全球广告业收入排名：第1位。
下属主要公司：天联广告（BBDO）、恒美广告（DDB）、李岱艾、浩腾媒体。

2. Interpublic集团——美国第二大广告与传播团。
全球广告业收入排名：第2位。
下属主要公司：麦肯·光明（全球仅次于电通的第二大广告代理公司）、灵狮、博达大桥、盟诺、万博宣伟公关、高诚公关。

3. WPP——英国最大的广告与传播集团。
全球广告业收入排名：第3位。
下属主要公司：奥美、智威汤逊、电扬、传力媒体、尚扬媒介、博雅公关、伟达公关。

4. 阳狮集团——法国最大的广告与传播集团。
全球广告业收入排名：第4位。
下属主要公司：阳狮中国、盛世长城、李奥贝纳、实力传播、星传媒体。

5. 电通——日本最大的广告与传播集团。
全球广告业收入排名：第5位。
下属主要公司：电通传媒、电通公关、Beacon Communications。

这些航母式的广告集团服务的几乎是全球最具影响力的品牌。例如WPP的广告客户：喜力啤酒、亨氏食品、诺基亚、罗氏制药、辉瑞、福特汽车、英美烟草、美国运通、AT&T、格兰素史克、IBM、雀巢、联合利华、飞利浦等超大型跨国公司的知名品牌。

除此而外，还有众多由个人经营的独立广告公司遍布全球，是广告行业的又一重要构成。规模相对较小的独立广告公司，从其业务范围上讲，与航母式的广告集团或知名广告公司之间存在的最大差异，或者说突出优势是专一性，即具有特定行业服务的经验与优势。

第二部分　创意篇

第五章
广告策略——广告之大创意

第一节　关于广告策略

现代广告并非简单的告之与推销，而是在策略先行基础上，形成广告创意并执行的过程。通过策略可以明确广告活动的目标及定位，设定产品或服务的沟通方向等。策略也为产品作定位、设定品牌个性、突现竞争优势以及明确消费者能从产品上得到的利益。

那么，何为广告策略呢？广告策略是指广告策划者在广告信息传播过程中，为实现广告战略目标所采取的对策和应用的方法、手段。广告策略是市场营销策略的组成部分，而广告策略创意是广告计划的组成部分。俗语说，万变不离其宗，对广告创意来说，这个"宗"就是广告策略。广告创意不是纯主观的艺术创作，不能随心所欲、信马由缰，它必须在广告策略的指导下，给自由的创意限定个范围。

第二节
关于广告策略创意——大创意

广告策略中包含创意的要素。广告的策略创意是一个核心的创意，也称为大创意（big idea）。大创意是指独特的价值诉求，或者说是广告核心诉求点。传播千篇一律的信息是对有效资源的一种浪费，而传播意味深长的独特性则是成长的催化剂。大创意源于对受众需要、市场动态以及本企业商业计划的一种清楚理解。大创意与企业用以迎合关键受众需要的策略是相匹配的。

[广告之大创意] 法航广告的精妙不只在单个广告的创意，而是在相当长的周期、不同的媒介、不同的阶段，各个广告对于大策略的把握与到位的执行。最终营造出浪漫、闲暇、安逸的品牌格调。
创意概念的连贯性塑造鲜明品牌个性。
法航的品牌个性：浪漫、闲情、唯美、关怀。在建立成熟的VIS后，随之推出一系列的广告，偶合式创意思路的连续使用以及象征美好事物的年轻女性、儿童、绿树、花朵的不断出现，以及到版面中对广告文案字体的统一规定，将品牌个性的塑造从看似无形的表现到大众心理有形的记忆。

法航系列广告。置身郊外、身心放松，仅通过广告版面里的机舱坐席编码提示出原来是在法航的飞行途中。

法航系列广告。写意式的画面寓意了乘坐法航的舒适体验。

上图. 法航系列广告。视角的偶合是此系列广告最独到的视觉创意。

右图. 法航系列广告。最新法航系列广告是更纯粹的浪漫、更唯美的视觉。

第三节 广告策略构架

广告策略由以下六方面内容构成：

一、广告的目标

1. 企业提出的目标；
2. 根据市场情况可以达到的目标；
3. 对广告目标的表述。

二、目标市场策略

1. 对企业原来市场的分析与评价：SWOT分析；
2. 市场细分：各个细分市场的特性与评估；
3. 企业的目标市场策略选择。

三、产品定位策略

1. 对企业以往定位策略的分析与评价；
2. 产品定位策略：综合考虑消费者需求，产品竞争和营销效果。

四、广告诉求策略

1. 广告的诉求对象：特性与需求；
2. 广告的诉求重点；
3. 诉求方法策略。

五、广告表现策略

1. 广告主题策略；
2. 广告创意策略；
3. 广告表现的其他内容：广告表现的风格，材质和各种媒介的广告表现。

六、广告媒介策略

1. 对媒介策略的总体表述；
2. 媒介的地域；
3. 媒介的类型；
4. 媒介的选择；
5. 媒介组合策略；
6. 广告发布时机策略；
7. 广告发布频率策略。

第四节 策略创意准备

在展开各类策略创意之前，以下三个问题的回答是十分关键的：

一、广告讯息是什么

了解商品或服务的优点、特色，明确品牌的个性，这是制定策略的首要因素。在进行任何策略制定、广告创意及表现前，必须对广告的商品、品牌做全面的认知，可通过以下方式：
1. 产品使用体验：尝试体验产品的各种功能、特点，了解哪些是最吸引人或与众不同的；
2. 卖场售点观察：观察产品的包装、销售的环境、购买人群；
3. 同类型产品比较：观察服务品牌的竞争者，他们的产品、广告传播、包装等，然后分析评价此商品之前的广告评析。

二、目标受众是谁

选定消费对象，找准广告的传播对象。任何市场计划及广告策略均是在排摸到真正针对的受众人群后有针对性地做出计划。在市场调研的各项要素中对目标受众的调研是最为关键的。因为一切要素的调研了解，都是为了让广告主明白，广告是在对谁说话。因此，分析了解特定人群的性别、年龄层、收入水平、职业类别、文化程度、风俗习惯、消费习惯、购买动机等特征特点后，我们又可以推想他们通常可能具有的嗜好、兴趣，对广告的敏感性、对标志的信赖程度，最终广告的策略创意思路就相对明晰起来了。

三、用什么传播媒介

选择什么样的广告媒介需要策略，如何选择传播媒体，怎样进行组合，如何推出广告等。广告公司通过一些具体的指标，如暴露度、到达率、收视率、影响效果等来体现和衡量，完成广告的媒体计划。所谓媒介计划是根据广告目标的要求，在一定的费用内把广告信息最有效地传达给目标消费者，而为此所做的策划。媒体计划是广告整体策划中的一个重要组成部分，媒体计划指导着广告媒体的选择。

媒体计划是广告投放前的运筹，因此，要从广告主企业的整体营销规划、广告目标、广告战略的要求出发，深入地对各类媒体进行研究分析，同时也要考虑广告文本的创作、广告费用的预算等因素的影响，来准确地选择合适的媒体。

第五节　广告主要策略手法

广告的策略手法多重，最具代表性的主流手法有：利益策略、品牌策略、定位策略、情感策略。

一、利益策略（USP 策略）

1. USP策略（Unique Setting Proposition）即独特卖点策略，在产品中寻找并在广告中陈述产品的独特之处，实施独特的销售主题。将产品的竞争优势突现，提供一个促使消费者购买的诱因。
USP的广告策略在20世纪五六十年代得到普遍推广，其提出者是罗素·瑞夫斯。

2. USP 策略的理论基础
随着经济的发展，商品日益丰富，竞争也趋于激烈，标准化的同质产品或同质信息诉求很难再赢得消费者，因此差异化营销成为企业主要的营销战略选择。差异化营销充分考虑到了消费者需求的多样性和异质性。USP策略适应了营销战略的要求，因为差异性的信息诉求是建立在差异的产品基础之上的，包括产品的核心差异、产品形体的差异以及产品附加的差异。

3. USP 的特点
（1）必须包含特定的商品利益。每个广告都要对消费者提出一个说辞，给消费者一个明确的利益承诺。
（2）必须是独特的、唯一的，是其他同类竞争商品不具有或没有宣传过的说辞。
（3）必须有利于促进销售，即这一说辞一定要强有力到能招来数百万计的大众。

[利益策略]　海飞丝系列广告。不管是平面还是电视广告，海飞丝始终在强调"去屑"这一卖点。这个广告也不例外，广告语是"不要让头皮屑大出风头"。

[利益策略]　IBM系列广告。采用夸张的手法表达出IBM主机超强的信息处理性能。

二、品牌策略

20世纪60年代中期，大卫·奥格威所倡导的"品牌形象"观念，经过近五十年的实践，得到越来越多的工商业和广告界人士的青睐，显示了较强的生命力。现在，树立和强化品牌形象仍是许多广告创意的立足点，而且这一策略还代表了将来的趋势。

1. 品牌与品牌价值

所谓品牌，就是一个名字、称谓、符号，或是上述的总和，其目的是要使自己的产品或服务有别于竞争者。广告中所涉及的品牌则表现为消费者对品牌所蕴含的诸多信息（如名称、标记、符号、发音、利益的提供、产品的特色、市场的评价、发展的历史等）的认知和接受的程度，更多地体现为一种主观的认识与综合的评价。

品牌价值：对商家而言，品牌是一项能带来利润的资产。从资产评估意义上，品牌价值可以量化为相应的货币额，这个货币额即是品牌资产价值。一个企业的品牌资产价值，主要借助于品牌形象的强化而提高。换言之，广告的品牌策略就是旨在打造品牌形象以提升品牌价值，最终给企业带来更高的利润。

2. 品牌视觉优势与品牌力

由消费者认知并熟悉品牌所产生的亲近感以及由好感而来的信赖感，成为品牌知觉优势。品牌知觉优势高，则品牌力强。好的品牌是具有强势品牌力的品牌。强势品牌对于企业增强竞争优势、扩大市场占有率有着重要作用。强势品牌通常享有较高的利润空间及更长的生命周期。

3. 塑造品牌形象

每一品牌在市场中都存在着品牌形象。品牌形象是人们从一个品牌所联想到的人物化的印象及评价。品牌形象给产品附加了虚幻的形象、个性和象征，品牌被形象化以后，品牌便有血有肉、有情感、可交流，使得人们面对商品时产生出情感交流，这正是品牌形象发生作用的心理基础。树立品牌形象，必须为品牌选择和创造合适的广告意象，彰显出品牌的特质与个性。

（1）品牌人物化

用特定的人物形象成为最为直观可感的品牌形象的代言。从广告实践来看，存在着以下几种：
一是商标人物。例如肯德基的山姆士上校。
二是名人形象。如选择与品牌气质相符、具有较高号召力的明星代言。
三是拟人化的动物卡通形象。如劲量电池中的活力十足的粉色兔。
四是普通人形象。朴实且真实的普通人最能赢得普通大众的心理共鸣。

（2）品牌性格化

虽然不使用具体的人物形象做代言，但品牌个性鲜明，受众可以通过广告感受到品牌独有的个性，比如，品牌个性可以是诚实可信的，或亲民的，或可爱的，或成熟的，或严谨专业的等等。品牌的个性越鲜明、单纯，越容易被捕捉及感知，其品牌的感召力越强。

[品牌人物化、性格化] 蒙牛酸酸乳广告。广告中个性张扬的卡通人物角色正是产品针对的目标受众——年轻人的代言形象。

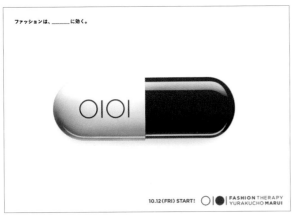

[品牌形象策略]　OIOI服饰品牌形象广告。在品牌的导入期，将LOGO元素进行影像创意，红色的球形（或圈形）贯穿于每幅广告画面中，在短时间内快速提升大众对品牌的识别与认知。

三、定位策略

定位观念是继"独特销售主题"品牌形象策略之后，对广告创意策略最具划时代意义的理论。

1. 定位观念的提出及其要点

我们正处在一个信息爆炸的时代，过多传播的信息一方面使我们可能更多地了解我们周围，但另一方面，却使我们的心智受到越来越大的压力。过多的广告产品、品牌信息与受众容量形成了尖锐的矛盾。在众多的产品和品牌中，受众购买决策所面临的问题不仅是买什么，更主要的是接受和选择哪一个品牌。为了解决这一矛盾，艾·李斯等提出了"定位"观念，主张在广告策略中运用定位这一新的沟通方法，以获取更佳的传播效果。即使广告和品牌信息在受众的心中找到一个位置，称为"定位"。

2. 定位的心理基础和特征

定位是一种攻心战略，定位观念使得广告创意的出发点从商品转向了消费者，要求更细致的消费心理研究。定位的竞争性特征：定位要"相对于竞争对手"，表明定位广告是一种竞争性广告，因为定位是一种心理位置上的竞争，定位承认并利用竞争品牌的位置和优势。

3. 广告定位策略的种类

（1）领导者定位

争取"第一"、"最先"、"最大"，成就领导者地位。这是一种旨在占据某一产品类别中第一或领导位置的定位策略。

（2）比附定位

紧跟行业领导者。这是在竞争品牌领先位置相当稳固、原有位序难以打破，或是自己品牌缺乏成为领导品牌的实力与可能的情况下可采取的一种尾随策略。

（3）细分定位

寻找市场空隙，细分定位是在原有市场格局中，分解出更细更小的类别，将自己的品牌定位于小类别的领导位置。在广告创意中，寻找空隙的策略很多，例如：价格空隙、性别空隙、年龄空隙等。

（4）"高级俱乐部"策略

公司在不能取得第一名，而市场空隙又不存在时，便可以采取这种策略。通过这一概念的提出，将本处劣势的公司纳入"高级俱乐部"中，以此方式来提升公司在受众心目中的位置。

[高级俱乐部定位策略] Cesar狗粮广告。创意是，美食的诱惑令陶瓷狗都禁不住垂涎欲滴。广告画面中，精美的瓷狗及复古的壁纸是为了衬托出Cesar狗粮高级高品的商品定位。

[细分定位策略] MINI汽车系列广告。MINI定位于都市时尚小型汽车，广告以小型车独有的利益优势出发，展现小车灵活的转向性能。

四、情感策略

罗伯茨（盛世公司的全球CEO）的至爱品牌新理念观点鲜明：广告应该抛开调研结果，用情感左右创意，"好的广告不是靠计划、调研和市场分析，而是靠情感"。通过情感维系、情感的纽带去触动消费者内心最"软弱"的地方，而不是只说产品如何如何的叫卖式。

面对品牌注意力经济，而广告人日渐江郎才尽的现实难题，罗伯茨的破解方案不是如何营销，而是爱——建立品牌所需情感氛围和新型关系的唯一途径。他认为："伟大的品牌要想经久不衰，就必须使消费者对其产生超越理性的忠诚，这是它们使自己有别于千百万不知所终的芸芸众品牌的唯一途径。"

"所谓的至爱品牌，就是让你的消费者真正爱上这个品牌，觉得这品牌对他有启发性，觉得使用这品牌的东西是件光荣的事情，觉得就算别人的产品给再多的承诺，都不愿意更换品牌，这才是销售最高的境界。"要做到这一点，创意中必须注入爱。

至爱品牌的概念并不单是在"品牌策略"概念上的补充，它最关键的是让消费者觉得这种商品或服务很特别、很有性格，让人能产生这种爱并对它产生长期的情感认同与依赖。

[情感策略] METRO鞋品牌系列广告。广告语"快乐的鞋造就快乐的人"，将快乐作为广告创意主题，通过情感渲染品牌，赢得受众的心理共鸣。

[情感策略] DIESEL服装广告。广告语"未来"。热烈欢快的画面氛围，传达的是一种充满激情、对未来乐观的精神，这也正是DIESEL这一品牌独特的个性。

除此而外的广告策略手法还有：

1. 目标策略

以捕捉目标消费者的独特心理特点而展开的消费心理诉求策略。

2. 时机策略

配合独特的销售时机、场合而设计的推广策略，如大型活动（如奥运会、世界杯）、节日（圣诞、春节）、风俗等。

3. 档次策略

价格档次成为商品营销中主要利益卖点的这一类广告，可采取以突现与商品价格档次相称的策略，比如低价实惠、奢华脱俗或高性价比等。

4. 对比策略

参照竞争品牌，采取与之反向差异的策略。

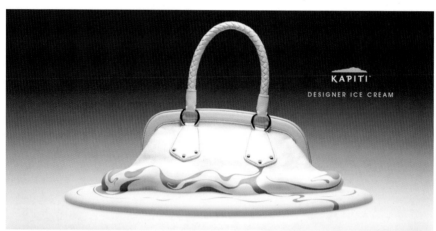

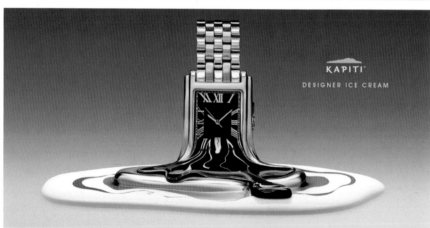

[档次策略] KAPITI高档冰淇淋广告。高端定位策略下的巧妙创意，将高端手表、手袋等奢侈品与冰淇淋美味巧妙融合，提高产品档次。

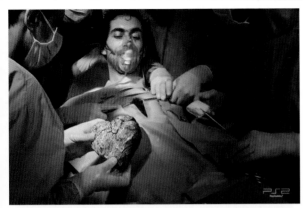

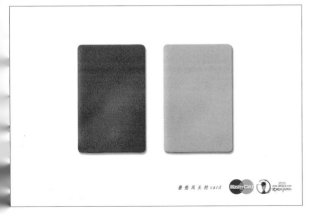

上图. [目标策略] 啤酒广告。充分挖掘消费心理，将凉爽欢快的感受表现得淋漓尽致。

左上图. [目标策略] PS2游戏机系列广告。匪夷所思、超现实的广告画面背后是准确的目标策略。创意捕捉了玩家寻求多角色、虚拟体验的心理渴望。

下图. [时机策略] 万事达信用卡广告。典型的把握时机策略，广告语"最抢风头的CARD"，将万事达与世界杯过多的红黄牌联系在一起，让人记忆深刻。

第六章 广告创意

第一节 广告创意概念

广告创意是为达成传播上的附加价值而进行的概念突破和创新表现。

广告创意可分解为四个基本方面：概念、文字、画面、媒介。

广告概念是广告的灵魂，是广告策略的凝练。广告概念的创意是用全新的方式对产品或服务的阐释。

文字与画面属于广告表现的层面。广告表现是广告最富于艺术感染力的表象。广告表现上的创新是长期以来视觉设计师对广告创意的狭义理解。

媒介是广告到达目标受众的途径，是实现广告沟通的平台。

第二节 好创意评价指南

伟大的创意需要符合四个基本的标准：
1. 符合受众需要；
2. 诉求区别于竞争对手；
3. 诚实可信；
4. 具备能够随着企业业务的发展而发展的内在张力。

第三节
创意生成源头——调研

广告创意的生成是指一个广告构思的萌动、产生、形成。它是一个复杂的过程。

这个过程就常规程序而言，它清晰地显示为：
产品研究——市场研究——目标消费者研究——竞争者研究——营销难点辨析——明确广告目的——确定广告主题——形成广告创意(包括文案的创意)——明确广告手段与表现形式。
要生成创意每一步都不能少。

广告的创意应来源于对商品、企业、服务的定位，对目标消费群的心理需求和当下广告策划中面临的诸多挑战的深入而全面的把握，对各种素材的收集分析，科学系统的综合概括，从而上升为理性认识，然后，在理性光芒的照耀下，将概念赋予形象，将情感注入创意。

因此广告创意的生成源头在于市场调查。创意离不开对产品和市场的调查了解，不分析研究产品的特征和市场的变化趋势，就无法打开思维与想象的大门。有这样一个近乎绕口令的说法："你知道的，你知道你不知道的，你不知道你不知道的。"这话强调的是要调研，要扫掉盲区部分。也就是说，不要轻易地相信现有的结论。

调研具体包含以下方面的内容：
1. 对委托者与产品的调研
对客户与产品的调研包含：
（1）企业方面：企业理念、企业形象（CIS）、发展历史、规模实力等；
（2）产品方面：性能特点、原料来源、技术水平、价格档次、产品规格、营销计划等。

2. 对客户、产品所处的市场情况的调研
对客户、产品所处的市场情况的调研包括：产品的市场定位、市场占有率、同类型产品的状况、竞争者的信息、销售渠道、市场占有率、销售地区等。

3. 对目标消费者的调研
对目标消费者的调研包括：
（1）消费者人口统计参数：性别、年龄、收入、职业、文化程度、家庭人口等；
（2）地理参数：消费者居住地区、气候、生活水平、传统风俗等；
（3）个性参数：消费者的嗜好、兴趣、人生观、性格等；
（4）购买行为参数：消费者的购买频率、购买动机、对价格与广告的敏感性、对标志的信赖程度等。

4. 对媒体的调研
对媒体的调研包括：媒体传播特点、优势与劣势、媒体的地域性和领域性、媒体的权威性、媒体的市场占有率、媒体的定位风格、发布价格等。

第四节 创意简报

制定广告策略创意之前首先要理清广告要跟谁沟通，并且能达成什么样的目标。一份简明扼要的创意简报是将错综复杂的因素经过了层层分解、排摸，最后归纳汇总，成为广告创意设计的指导方针。

一、创意简报概念

所谓创意简报，又叫Brief，是广告公司中的工作简报，广告公司的客服将从广告主那里了解来的讯息经过整理，写成Brief，再告知给公司的创意团队，创意团队据此展开创意与设计。创意简报通常由诉求对象、诉求点、工作任务、时间安排四大项构成。其中"诉求对象"是要明确广告向谁说，而"诉求点"则是广告要向诉求对象说些什么。这两项十分关键。

一份优秀的"创意简报"绝对是——
1. 有事实根据并且逻辑清楚的；
2. 来自于品牌策略整体规划的；
3. 意念单纯并且简明扼要的；
4. 符合人性面并且强而有力的；
5. 是完成自严谨的作业及团队合作的。

二、广告能达成什么样的目标

1. 这个广告能做到什么？
2. 诉求对象是谁？"消费者洞察"有哪些？
3. 消费者会如何看待及描述此品牌？
4. 这个广告传达给消费者最单纯的讯息是什么？
5. 如何让消费者相信此讯息？
6. 还有哪些思考点，可以帮助创意工作更为完善？
7. 制作执行的注意事项？

三、消费者研究

1. 寻找真实且有代表性的诉求对象
广告所谓的诉求对象（消费者）并不是一个抽象的统计数字而已，广告要找到的是具有代表性的真实人物。

描述消费者必须要集中焦点，太广泛的消费形态描述，会让创意无从思考。广告应清楚描述消费者的生活形态、需求、态度、期望、欲求、担忧以及对商品的看法。清楚地区别消费对象是既有的消费者、忠诚的消费者、流失的消费者、重度消费者、中度消费者还是轻度消费者。研究及发掘消费者内心真正的需求——洞察点，这也是影响他们消费行为及心理最重要的因素。这是消费者研究中最重要的课题。

2. 消费者会如何看待及描述此品牌
不要从厂商的角度用专业术语去描述，应当使用真正的"消费语言"，尽量真实清晰。任何一个品牌都具有"产品功能"加工"感觉印象"而形成的"品牌价值"。消费者如何与"品牌价值"相连接，是"创意简报"中最重要的部分。每一个品牌都有它最重要的"实质利益点"，品牌的"实质利益点"是真正完成"沟通概念"的基调、形态以及精神，是品牌价值的基因与精髓所在。

3. 这个广告传达给消费者最单纯的讯息是什么
必须简洁单纯、实事求是，不要过度承诺，也不要因为客户对商品的过度期望，或摇摆不定的政策问题而丧失焦点。"诉求重点"愈长就愈难达成广告目的。

4. 如何让消费者相信此讯息
要消费者相信我们的广告所言不虚，就必须对广告中的消费承诺做到保证，这正是简报内容中各支持点的最大功能。记住消费者承诺必须完全符合支持点的各项利益，不要承诺你无法达成的部分，也不要列举一些无关紧要，或是难以理解的商品内容！

品牌名称	雀巢咖啡
品牌简介	"NESCAFÉ"（雀巢咖啡）是全球价值最高的咖啡品牌。"NESCAFÉ"（雀巢咖啡）是速溶咖啡的世界领导品牌。 1938年雀巢公司发明速溶咖啡，雀巢咖啡诞生，70年来不断以更多创新专利技术致力为咖啡爱好者带来更佳的咖啡享受。 每秒钟，有4500多杯雀巢咖啡被全球各地的人们所享用。 1989年，雀巢咖啡第一条电视广告登陆中国，"味道好极了"的经典广告语家喻户晓。雀巢咖啡已成消费者生活中不可或缺的部分。雀巢咖啡红杯更成为时尚，潮流，或是浪漫的代名词。 2006-2008年，"雀巢咖啡"连续三年被评选为中国大学生的"至爱咖啡品牌"。 2008年，"雀巢咖啡"在"30年，谁在改变我们的生活"品牌评选中获奖。
广告主题	1．"每刻精彩瞬间，每杯雀巢咖啡" / "1 MOMENT, 1 "NESCAFÉ"" 2．"一天好开始" / "GREAT START OF A DAY" 注：两个广告主题可任选其一，中英文都可
主题解析	一杯冲调好的雀巢咖啡，散发着馥郁的香味，令人陶醉，雀巢咖啡以其品牌形象和优质产品赢得消费者的喜爱，成为一种生活方式，时刻相伴： 清晨起床后喝一杯醒脑，振奋一下，开始新的一天； 工作或学习时来一口提神； 闲暇时一杯雀巢咖啡，几块点心，和朋友聊天小聚； 美餐之后，冲调一杯雀巢咖啡，读一本杂志，温馨舒适，乐趣无穷。 …… 对于很多人来说，雀巢咖啡是他们灵感的源泉，生活的伴侣，人际间的润滑剂，是他们一天精彩的开始，亦是他们精彩时刻的见证。
广告目的	1．吸引新的消费者尝试雀巢咖啡产品 2．向现有咖啡消费者推荐咖啡饮用情景
产品名称	雀巢咖啡
目标群体	18-35岁的大学生和白领阶层，年轻，时尚，充满活力
相关信息获取	雀巢咖啡中文网站 www.nescafechinese.com

[创意简报]

第五节 创意思维程序

广告创意过程可分下列五个阶段：

1. 准备期

研究所搜集资料，根据旧经验，启发新创意。资料分为一般资料和特殊资料，所谓特殊资料，指专为某一广告活动而搜集的有关资料。

2. 孵化期

把所搜集的资料加以咀嚼消化，使意识自由发展，并使其结合。因为一切创意的产生，都是在偶然的机会中突然发现的。

3. 启示期

大多数心理学家认为：印象是产生启示的源泉，所以本阶段是在意识发展与结合中产生各种创意。

4. 验证期

对所产生的创意予以检讨修正，使更臻完美。

5. 形成期

以文字或图形将创意具体化。

第六节 两大主流创意思维方法

美国广告学教授詹姆斯·扬说："创意不仅是靠灵感而发生的，纵然有了灵感，也是由于思考而获得的结果。"创意是从"现有的要素重新组合"而衍生出来的，创意并非天才者的独占品。

一、思维导图法

1. 思维导图训练方法的概念解释

思维导图，即一个概念的放射性思维训练，是创意突破的有效方式，是将托尼·巴赞的思维导图引入广告创意思维训练课程的一个发展与尝试。这是一种新的思维模式，它结合了全脑的概念，包括左脑的逻辑、顺序、条例、文字、数字以及右脑的图像、想象、颜色、空间、整体等。

2. 一个概念放射性思维训练的六个步骤

（1）以品牌概念为中心，对概念进行分析；立足消费者，洞察他们的心理，与他们一起思考一起感受，让各种元素在脑中过电。

（2）主题概念（也可以是中心概念图形）必须画在白纸中央，从此点出发，开辟出若干不同路线，首先把思路拉开。

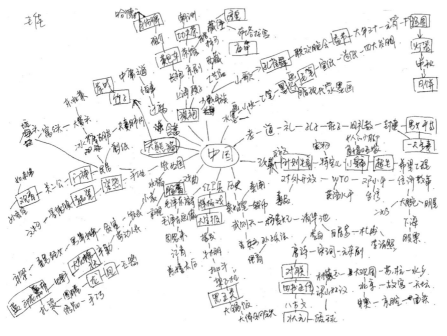

[一个概念放射性思维训练方法] 全部以文字表述的形式将相连概念搭架。

（3）沿着不同路线开发元素，根据生活经历与常识，将可能发生的元素沿着路线放射并快速记录下来，进而展开捕捉闪光元素的行动。

（4）必须在40分钟左右的时间内完成，时间上的限制造成了紧张气氛，使参与者头脑处于高度兴奋状态。由于大脑必须高速工作，就松开了平常的锁链，再也不管习惯性的思维模式，因而就激励了新的，通常也是很明显的荒诞的一些念头。这些明显的荒诞的念头应该总是让它们进去，因为它包括了新眼光和打破旧的限制性习惯的关键。

为方便思考，上述四点均用文字搭架，寻找创意闪光点的过程是探险家寻宝的过程，突破常规，才能出奇制胜。

（5）将有新鲜感的元素用图画鲜活起来，形成导图的闪光点。或者沉思一下，让大脑对导图产生新的观点，继而进行第二次重构。

（6）将几个有趣的闪光点连接起来，发展成一个创意雏形，继而提炼创意文案及广告语言。

二、头脑风暴（集思广益）

1. 头脑风暴法的概念解释
头脑风暴法是由美国创造学家奥斯本首次提出的一种激发创造性思维的方法。这种技法一般是举行一种特殊的小型会议，与会者毫无顾忌地提出各种想法，畅所欲言，彼此激荡，引发联想，导致创意设想的连锁反应，产生众多的创意。

为了避免扼杀思路，相互间严禁批评及提出一切反对意见。因为有时看似不管用的意念，可能会激发起另一个新的创意，或是从另一新角度去看问题，或是将一个提出的意念再予以润饰、增删，使意念脱胎换骨，产生出新鲜感受来。

2. 头脑风暴的具体执行方法
（1）创意小组的建立
① 创意小组是广告的创作者和演绎者。
② 将思维转化为图形及文案，是创意小组的职责。
③ 根据小组成员的才能进行工作角色的分配，只有各司其职，相互启发，相互提携，才能演绎头脑风暴。

（2）头脑风暴思维训练的原则和技巧
① 原则
任何创意不得受人批评，所有灵感均记录在案，以备参考；创造一个"自由联想"的过程；给每个新创意一个启发别人的机会。
② 技巧
摆脱专业的束缚，关注不同的信息，纵观全局，避免熟视无睹（最好的创意就在眼前），不怕迷路（也许会有意外的发现），对观念进行移植，关注其在新领域的意义。

（3）创造杰出广告创意的关键点
① 目标受众是谁？
② 品牌概念是什么？
③ 用什么传播媒介？
④ 广告讯息是什么？

（4）用创新的观念去说明品牌概念，对元素进行改造和运用。

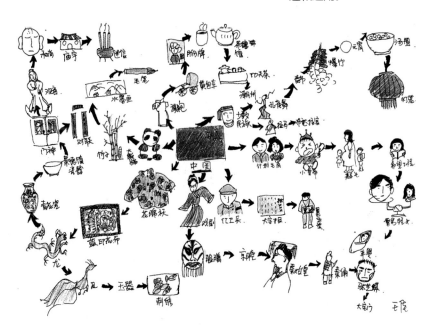

[一个概念放射性思维训练方法] 用文字表述搭架→在创意闪光处加入图形→在多个图形的关联上加入语言。

第七节 创意思维的几点要诀

一、创意的胆略

创意要有胆略，没有胆略很难有所作为。广告创意如能出乎意料，受注意的机会也就越大。当然，标新立异也未必就是好广告。要大胆去想，并非是大胆乱想，想的要有相关性，戴着枷锁跳舞并非易事。所谓绝妙的创意，是"人人心中有，人人笔下无"的东西。

二、创意的深化

好的创意需要经过锤炼，不要轻易放弃一个看似行不通的思路，或立刻满足于眼前以为已是最佳的方案。我们在作业过程中经常见到这样的情形，两则出自同一创意角度的广告作品，其最终产生出来的感染力度却相去甚远。这提示我们，缺乏深入锤炼的创意有时会浪费一个很好的点子，而往往，彼此间的距离只差一步。不简单满足，再深入一步，是做创意时需要注意把握的。

三、与众不同

为了不让广告淹没在信息海洋中，所有杰出广告人都在力求突破，因为不一样才会让作品闪光，相似性只会被同化。美国当代杰出广告人泰德·贝尔这样说："当所有人都大喊大叫的时候，你轻声细语。当所有人都奔跑时，你悠然漫步，做那些与时下大家都认为是正确事的相反事。人们都在谈论广告中的时尚。我不在乎什么是时尚，只在乎如何去避免陷入其中。时尚是人家已经做了的事，而我想创造时尚，一旦它形成，我就会希望做另外一些与众不同的事。"

[创意的模仿与借鉴]
两组饮料广告，其中一组是学生作品，从概念到表现形式都有雷同。
在作品创意阶段，多浏览好的作品，启发下思路，也是一种学习方法，但良好的概念捕捉能力与表现技能还是必不可少的。

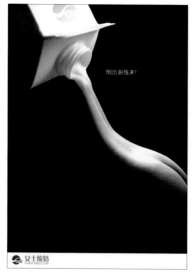

四、模仿借鉴

广告人对中外优秀广告作品的分析、借鉴与重新组合，有时会产生创新的效果。模仿包括潜意识的模仿和有意识的模仿。不过，无论采用何种模仿手段，都必须带有创新的成分，把新要领新形象融进旧模式中。因此，这里所说的模仿，只是对一种成功的模式的仿效，只有源于生活的积累，才能创造出具有个性的创意表现来。

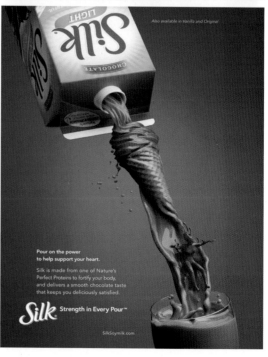

第七章 创意技巧

第一节 创意概念的挖掘

一、创意概念和视觉表现的关系

广告创意首先是概念的提取，继而是形式的表现。概念和表现就像创意的内外两侧，对于完整的创意而言，它们缺一不可。概念是广告创意的核心诉求，一头连接着创意策略，另一头连接着创意表现。概念相对抽象，它隐藏在精彩的形式画面背后，但却是创意的重要内核，着重解决广告到底"说什么"这一首要问题，每句文案、每一个画面元素都受到它的支配和控制。视觉表现是创意概念的具象转化，在知道了要"说什么"之后，接下去就要明白"怎么说"，将抽象概念转化为可知可感的具体形式。

二、创意概念的形成

广告创意概念的形成从撰写创意简报的那一刻便已经启动，市场分析与策略定位对创意概念的最终确立具有最为直接和重要的影响。创意概念的获取必须基于对广告目标、品牌形象、产品定位、目标消费群体、竞争对手等基本市场要素的客观认识和详尽分析之上，经由理性判断与创新发想，捕捉最佳诉求点，最终演绎为支撑广告创意的核心概念。

对创意简报的几方面信息进行反复推敲和仔细甄别，逐步缩小范围，精简创意概念，将概念做"减法"，在此基础上"创造发明"出最佳的广告诉求点。

三、概念的简化价值——简明、准确的创意

面对广告主体同时存在的多个利益点，与广告受众的短暂关注之间的矛盾，广告的诉求概念必须尽量做出简化。创意概念的形成是个不断简化的过程，"简化"不可理解为单纯的简单化，它包含两个基本条件，一个是简明，另一个是准确。简明、准确的创意造就强大的广告诉求力，令广告突破重围，最终胜出。

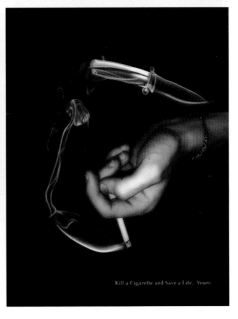

[创意的模仿与借鉴] 两组戒烟广告。也许是创意撞车，两组广告创意概念相同，但表现手法不一，一种手绘插图形式，一种摄影影像。由此可看出同样的广告概念在视觉表现上存在多重可能。

两相比较，摄影手法的一组画面更为单纯简约，从而将"吸烟有害健康"的主题表达得更为鲜明。

第二节
广告创意精髓——以情制胜

"唯有感情是始终具有说服力的演说家。"——拉罗什富科（法国思想家、箴言作家）

每个广告都必须找到一种方式与消费者产生共鸣，而情感是普世的，最容易让消费者产生共鸣。心理学家普拉特契克提出过一份由40个情绪词组成的词表，它包括：蔑视的、惊讶的、热情的、接受的、不高兴的、害怕的、犹豫的、愉快的、冒险的、探究的、深情的、羞怯的、困惑的、迷惑的、悲哀的、高兴的、厌恶的、期望的、奇妙的、失望的、烦恼的、令人振奋的、敌意的等等。而在广告中，运用最多的是亲热、幽默和害怕等词汇，而其他如神秘、崇高、可爱也不乏所陈。广告创意或引人发笑，或催人落泪，广告营销的张力因此得以最大限度地发挥出来。

一个使人产生同感的广告永远是符合人性的广告。广告越符合人性，就能传达越多的感情。从一定程度上来看，当受众与广告中的角色分享情感，并产生认同感时，他们也会爱屋及乌地间接接受广告所传递的信息，并将此与自己相联系。

一、风趣幽默、嘲讽

幽默是生活的一种喜剧因素，广告用幽默搞怪的手法制造出活泼轻松的氛围来，让受众在莞尔一笑的同时欣然接受广告传达的内容。幽默通常伴随着一定程度的夸张，以强化喜剧效果，令人难以忘怀。幽默广告往往具有一种平民化的低姿态，嘲讽则是一种冷幽默手法，更是故意地去贬低与打压。这种低姿态与平民化更容易拉近与大众的心理距离，建立起与受众的心理沟通。无论是喜剧化地表现出朴实的需求，还是以诙谐的方式温和地抚慰某种情感伤害，幽默广告总能轻松地"俘获"观众的信任。

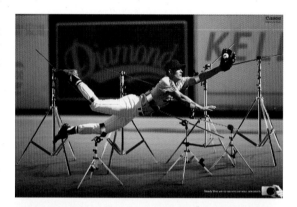

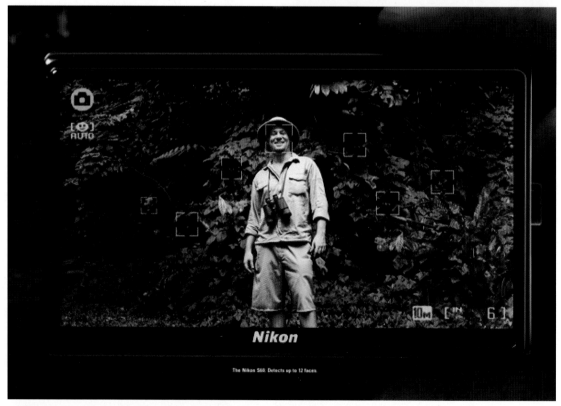

[幽默风趣] NIKON相机广告与CANON相机广告。两则广告都采取了幽默的创意，一款突出笑脸捕捉功能，开心的主角根本没意识到树丛里隐藏的土族。另一款则强调的是动态捕捉功能，诙谐地将运动中的人物捆绑在三角架上，以搞怪的形式博取受众的关注。

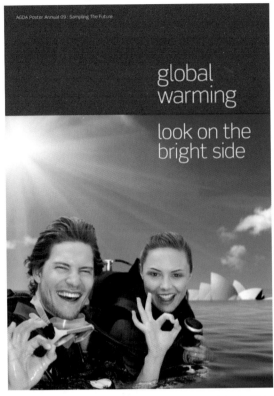 

[嘲讽] 环保公益广告。采用嘲讽手法，广告语"全球变暖，看光明的一面"。即使悉尼歌剧院被上涨的海平面淹没，我们还可以"愉快"地潜水；即使北极的冰面全部融化，我们尚拥有"美丽"的海滩。这样的反相嘲讽令观者深思。

二、真情流露

家庭的温馨和睦，父母与子女之间的亲情，朋友之间的友情，恋人之间的爱情，将人类之间这些最美好、最真实的感情融入到广告创意之中，直接触及人类心灵最纯真柔软的部分，最能博得多数人的共鸣，也易于被理解与接受。

真实的幸福也是在最平凡的生活中成长开花，因此广告如能发现和描述日常生活中的动人细节，将最能引起消费者的共鸣。这类温情式的广告表现的是每个人都非常熟知的生活情景，描述的是人与人之间最真切朴实的情感。广告贴近生活，缩短了广告与消费者之间的心理距离，消费者从中获得真实、深刻的感动。温情式广告尤其适用于妇女及儿童消费群体，在创作家庭生活用品、药品、食品、玩具等日用消费品广告时，多选用这种形式。

[真情流露] 关爱儿童成长广告。广告语"由于我们的世界在退步，让我们为了我们的孩子们开阔思想，创造未来"。没有过于玄妙的创意，广告中聪慧、俊朗的少年的脸庞，令人动容，真爱流露，直扣心弦。

三、激情、浪漫、色欲、浮想

性是人类的本能，是艺术和文学中的永恒主题，也是大众文化独一无二的影响力，因此，性成为广告创意的一部分并不奇怪。如果广告制胜的关键是要俘获目标受众的心智，性诉求就成为有效的途径，这在广告里得到最为煽情的呈现。

这类情调型广告注重营造情绪氛围，通过一系列渲染烘托使特定气氛浓郁，给人以激情与浮想。一般而言，高级化妆品、时装、酒类、汽车等奢侈品会运用此种手法。通常，广告创意中的性诉求的表达是含蓄而幽默的，过于直白或是滥用往往导致与广告宗旨的背道而驰，甚至会被指责为性歧视或不合时宜。因此性诉求也需慎用，并存在一定风险。

[浪漫、浮想] HARIBO GOLD-BEARS糖果系列广告。将糖果串联成美丽的饰物，寓意口味的美妙。创意独到，视觉曼妙。

[性感、浮想] ZERO修身牛仔裤广告。性感的人体、被压印在肌肤上的痕迹，体现出产品紧身美体的功能。

上图. [激情、浮想] BURST OF LEMON
卫生间香氛产品广告。俊男和清洁大妈暧昧的照片让人诧异，原来是卫生间里的香氛制造的迷人氛围。

左图. [浪漫、浮想] 法国依云矿泉水广告。法国广告写意、浪漫、唯美的特点在此继续延续。传说中的纯美的人鱼即使在自由的海水中，饮用的还是依云。

四、可爱

纯真可爱的卡通形象最能吸引孩子们的喜爱以及那些童心未泯的成人的注意力，因为它触及了人性的单纯。广告中的卡通形象被赋予人格和人性特征，鲜活地将品牌或产品的个性特征转化成为一个具体、形象化的"人物角色"，它单纯、可爱、谦卑、讨喜，令人印象深刻，并能快速拉近与受众的心理距离。

塑造可爱形象可以采用拟人、仿人或扮人的手法，将非人的事物予以人的语言、动作、神态和情感，再结合一定的幽默情节，则形成广告特有的情绪感染力来。

[可爱] Stamyl消化药广告。利用卡通滑落的可爱场面，比喻消化药畅快淋漓的功效，有趣并能讨好受众。

[可爱] LOTTE的小熊饼干广告。小熊害着地向大家展示其"内在"，创意与画面均给人无比可爱、搞笑的印象。

五、神化、崇高

广告中神话般的英雄形象无比伟岸，将崇高的人格、非凡的能力集于一身，激发人们对理想中的英雄的崇拜与忠诚。英雄的形象被极度地理想化和神化，是非现实世界中的神话角色，他崇高、完美、神秘。完美和崇高是现实所缺失的，而神话具有一种超常的神秘性。对完美的不懈追求、对神秘的百思无解也永远是引发受众对此类广告趋之若鹜的驱动力。在广告中制造神话传奇，是构建品牌神话的手法之一，消费者对广告的迷恋最终产生出对品牌的忠贞不渝。

[崇高] egaro购物网站系列广告。广告画面中模特的姿态模仿革命者冲锋陷阵的英武形象，呼应了广告语 "加入购物革命"。

上图. [神话] D&G服装广告。广告画面的人物与情景模仿描绘希腊神话故事的经典壁画，富于独特的传奇色彩与古典韵味。

右图. [神话] LEVI'S牛仔裤广告。神话故事中的美丽公主与美人鱼都禁不住LEVI'S牛仔裤的诱惑，足见其吸引力。

六、大爱、尊重与价值

所谓大爱即和平、自由、平等等人类伟大的、永恒的爱的主题，是人类对于生命价值的一种崇尚，人间有大爱，大爱无疆界。将伟大的爱设定为广告宣传的主题，将"公益"纳入商业宣传，将极大地提升品牌价值。消费者在给予广告认同的同时，其实质也是价值认同的体现。在多数情况下，消费者购买产品不仅仅是为了获得产品及服务，而是要获得产品所承载代表的象征价值。换言之，消费者购买产品不仅为了它们能做什么，而且还为它们代表了什么。

传统的产品导向型的广告作品中，商品展示是视觉的焦点，并以此衡量广告效果。在以"大爱"为主题的广告中，崇高的品牌定位一旦确立，商品便是它的附加价值。其中，对生命的尊重、对人性的关怀，激发出人们最本质最博大的爱，其情感诉求更是不言而喻的。

[大爱、尊重与价值] 贝纳通服装广告。1988年，托斯卡尼制作了一幅画面是一个白人婴孩在吸吮一个黑人女子乳房的广告。虽然据称这是在提倡种族和谐，但却招致了黑白种族的抗议，黑人团体认为广告画面隐含了对殖民时期黑人奴隶的嘲弄。当时，英国与美国的杂志媒体都以争议太大为由而拒刊。

自1988年以后"贝纳通"几乎年年都有惊人之作，如1989年的一幅据称原意在于阐释种族和谐、平等、有难同当、共同面对横遭钳制的世界（标题为：一对黑人白人铐在一起的手）的广告。1992年，又

推出了一系列关注社会议题的广告，包括"临终的艾滋病人"篇、"手持大骨的游击队员"篇、"黑手党"篇、"货车与难民"篇、"越过洪水的印度夫妇"篇、"燃烧的汽车"篇、"难民船"篇七则广告，但仍在全球各地招致或多或少的抗议。

尽管有许多评论家批评"贝纳通"只是靠制造一些令人震惊的画面来引人注目，而部分消费者也对"贝纳通"的做法提出了质疑甚至产生了抵制，但"贝纳通"的业务却的确因此而增长。

七、哀婉、同情

同情是人类共有的一种感情，关爱与被关爱是抚慰脆弱心灵的需要。通常，人们不会对境遇不幸的对象漠然置之，同处弱势则更能引发与受众的情感共鸣。因此，广告可以大打同情牌，深度挖掘"不幸"中的凄美，细腻展现"平凡"里的感动，令受众沉醉其中。

煽情类的广告关键要做到真切，真实生活里的挫折、现实生命中的脆弱，会令所有受众都无法抵御如此强大的心灵冲击，广告的"泪点"则很低。与此同时，画面的展开应注意把握两个关键点：情境、细节。情境具有故事感，令人浮想，可产生出巨大的内引力，观众被带入到广告营造的情景中来。细微之处显真情，细节令感动加分，使广告更具真实感与可信度。

[哀婉、同情] 戒烟广告。被香烟困扰的哭啼的男孩，就像是被罩在了塑料袋中，面临窒息的威胁，不禁令人为之揪心。

上图. [哀婉、同情] 反对家庭暴力广告。一位受到家庭暴力侵害的儿童竖起拇指于嘴前，以简单沉默的手势祈求安静祥和的家庭氛围，受伤的面庞、无助的神情，令人动容。

右图. [哀婉、同情] NIKE广告。落寞的运动员，竞技失败后的忧伤难过，令观者也不禁伤感起来。

八、恐惧、刺激

利用负面与失败带给人的恐惧感激发人们朝着正确、健康的方向努力，是广告创意中的一种激将法。当人们通过广告直观感受错误结果所带来的一系列难以承受的痛苦压力时，受众会立刻明确什么是正确的解决，并表现出比以往更为坚定的态度来。此时广告的说服力变得极强。

此类"恐吓式"的广告手法，情节的设置是因与果的理性逻辑展开，但在具体形式展开上则需要加入更多的感性渲染及适度夸张。对于恐怖所带给人的刺激感，也是人类冒险精神的一种体现，在非现实世界获得恐惧体验具有娱乐效果，这也是恐怖片受到追捧的原因。广告将恐怖元素运用进来，也同样能获得此种效果。

[恐惧] 碧浪洗衣粉广告。从食物中喷溅而出的酱汁，以极尽夸张的手法表现其"杀伤力"，隐喻出人们对其的恐惧。这种恐吓式的表现手法更强化说明了产品的洁净力。

[恐惧] 禁烟广告。香烟飘出的烟雾好似一张面目可怕的骷髅，大面积黑色背景令人压抑、窒息。

九、改变预期、悬念

广告设置悬念，使受众产生疑问和期待，然后展开情节，最后将谜底揭开。这种手法旨在唤起观众的好奇心，使观众对产品或广告产生浓厚的兴趣，进而出现窥探的心理。

悬念型广告成功与否，很大程度上取决于广告是否能充分调动观众的好奇心，并追随广告玩心理游戏。当谜底最终揭晓的刹那带给受众意外或震惊之时，巨大的心理逆转将留给受众无比深刻的心理体验，广告的记忆度极高。

上图. [改变预期、悬念] 汽车蜡广告。曼妙的少女借着汽车的镜面化妆，奇怪的是为何不对着后视镜？还有比其更光亮的镜面吗？

中图. [改变预期、悬念] 衣物柔软剂广告。一位正在博弈的柔道运动员，神情"一反常态"，陶醉的表情，不禁令人疑惑，这是为何？

下图. [改变预期、悬念] 漱口水广告。生命危在旦夕，救护车中的急救医生却将氧气罩捂住自己的口鼻，这是为何啊？！

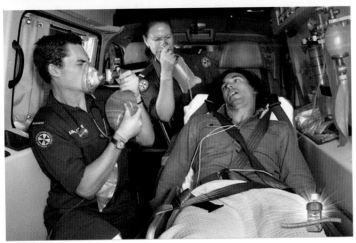

第三节
一些成功的广告创意技法

广告创意的具体手法多样，但无外乎从视觉、感觉、心理、语言四大层面开启，好的创意来源于敏感度和经验，即对人的感觉、心理的深度敏锐及对生活的经验与文化的感悟。

以下总结的30个创意要诀，学习者可从中获得启发：

1. 没文案就是好文案；
2. 黑色幽默要够黑；
3. 放一起，比一比；
4. 从量变到质变；
5. 夸张必到极点；
6. 颠倒顺序试试看；
7. 无，即是大有；
8. 似是而非，眼见非实；
9. 激将法和震慑法；
10. 开时间的玩笑；
11. 换个角度看问题；
12. 冷嘲热讽不过分；
13. 标志符号要用好；
14. 随意幽默戏剧性；
15. 看看谁的故事讲得好；
16. 不疯魔，不成活；
17. 专做字面文章；
18. 创造产品百变神话；
19. 为他找个替身；
20. 语带双关话中话；
21. 玩弄文字游戏；
22. 文字做先锋；
23. 解构是创意门匙；
24. 找相似打比喻；
25. 打破你的条条框框；
26. 使用非常规媒体；
27. 编个好玩的笑话；
28. 建构是为了解构；
29. 语不惊人死不休；
30. 妙语新编戏说。

上图. [生活片断] 学生作品，Nokia手机广告。关注生活中的细节，沉迷音乐的男孩撞在了电线杆上，这一生活片断被引用。

左图. [生活片断] 惠普打印机广告。打印效果如此逼真，好似将实物直接贴在了墙壁之上。朴实自然的生活情景中出现的一个令人意外的细节，更加强化出广告的戏剧效果。

在众多的广告创意技法中，以下我们就其中的几个较为主流的创意方法进行详解：

一、生活经验

最好的创意其实就源自朴素的日常生活。每个人在日常生活中都会具有的惯性行为、动作、反应及情感，恰恰最值得捕捉。创意制造的悬疑，受众可以通过简单的日常经验迅速找到问题的答案。当我们执行这样的创意时，受众只需凭借一种朴素的经验甚至是本能就可以读懂广告诉求，并在第一时间反应道："嗯，是这样的。"广告的说服力自然产生出来。

二、生活片断

广告叙述的情节是真实的日常生活的一个片断，细微之处见真情，令观者感同身受。这样的创意恰恰是越贴近真实越能获得认同。

右图.[生活经验] 微软WINDOWS7广告。广告语"不要忘记升级windows7"。便签条是办公白领工作时相互提醒、互通的常用途径。办公室中的留言便签巧妙地组合成了windows的标志，温馨提示办公人士及时将电脑系统升级。

[生活经验] urban rush movers搬家公司系列广告。固有的习惯被瞬间打破，夸张有趣地显示出搬家公司的高效。

三、这就是事实

讲事实的方式无疑是最能令人信服的了。有时事实是残酷的、令人震惊的，面对这样的事实人们通常会刻意回避，不去看、不去想。广告让受众直面真实，没有矫饰，没有悬疑，只是事实，这样的广告效果往往令人震撼。例如一些戒烟广告或交通安全广告，将错误的行为产生的恶果直接呈现，相信这是最简单有效的方式了。

上图. [这就是事实] 家庭暴力系列广告。面对家庭暴力，孩子的脆弱及遭受的伤害以骇人的画面展示于眼前，震撼心灵。

右图. [这就是事实] 禁烟系列广告。吸烟如同是在"燃烧"自己的身体。面对这样的事实，心灵受到的冲击是十分巨大的。

四、大众文化、时尚、流行

所谓文化是指一个群体（可以是国家，也可以是民族、企业、家庭）在一定时期内形成的思想、理念、行为、风俗、习惯、代表人物，及由这个群体整体意识所辐射出来的一切活动，即文化现象。流行与时尚是一种潮流文化、大众文化，在一定时期内控制着这个群体的思想及行为。广告创意结合流行文化，便能迅速捕获受众的兴趣所在，达成广告诉求。

上图.[流行、时尚] 音乐手机广告。插画手法结合摄影技术混合出独特且时尚感极强的视觉画面来。

右图.[流行、时尚] DASANI纯水广告。超酷的模特，缤纷的色彩，绚丽的合成画面，类似时尚服饰的视觉风格用在纯水产品上也别有风格。

五、感官联想

视觉如何表达听觉、触觉、味觉、嗅觉？从感官感受出发，挖掘人在不同情形下的心态、神态、反应、行为特点，令纯粹的视觉画面也能激发受众其他感官做出反应，实在神奇！而这样的独特创意角度也极富趣味性。

左图.[感官联想] 薯片广告。直接呈现蔬菜崩裂的质感，诱导对酥脆口感的联想。

下图.[感官联想] 医治老年人帕金森综合征的药品广告。用弹簧来喻示双手的颤抖。

六、幻想

魔法精灵、奇幻生物、绝地战士，很多人从孩提时代开始就对此充满了浓厚兴趣。新奇、超现实的创想会满足平凡人猎奇的心理。广告创意发挥超常的想象，借用科幻打造的角色与情节，其吸引力也是同样的超乎寻常。

上图.[幻想] 美特斯邦威服装广告。不只是偶像出演，更将其化装成魔幻战士，渲染广告气氛。

左图.[幻想] 李宁运动服广告。广告语"风格斗士"，画面极具魔幻效果。

七、解构重组

重组与解构的概念是连在一起的，先解构再重组，即通常所说的"老元素，新组合"。通过解构手法，可以打破固有的思维与套路，批判正统的观念与标准。广告创意中的解构重组并非随心所欲、胡乱拼凑，而是具有内在结构上的关联与总体概念上的统筹。解构为重组提供再造的素材，固有模式被打破，新关系的再造，产生出崭新的含义和出人意料的视觉画面，创意能量将十分巨大。

[解构重组] 巴西BRADESCO银行系列广告。用解构重组手法，将四幅不同的奥运项目技艺的画面"融于一身"，表达该银行具备全能型金融服务业务能力。

[解构重组] 建筑公司广告。建筑时的工地场景与建造完毕后的美好画面，巧妙重组，诠释了广告语"我们建筑未来"的企业理念。

八、激励

广告喊出启发心理、激人上进的口号语，令品牌文化（精神）感染到受众，受众在获得心理滋养的同时对产品与品牌产生好感与信赖。例如"不走寻常路——美特斯邦威"。这样的广告就像一个极具激发力的演讲，说辞令听者心灵激荡，受众被完全地带动起来了！

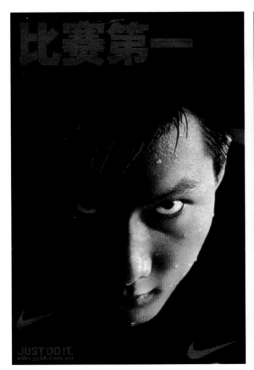

[激励] NIKE广告。一改"友谊第一"这一传统口号，用前所未有的"比赛第一"来激励运动员的斗志。

[激励] adidas广告。发布于北京奥运会期间的这则adidas广告，将全民参与奥运的精神与气势做进了广告画面，令人极为振奋。

九、误导、制造悬疑

所谓误导只是广告暂时先将受众的想法引向一个错误
的方向，而当真正的答案揭晓时，受众会在意外与惊
奇的同时豁然明白广告的真实意图。误导手法关键在
于预先制造怎样的玄机，就像悬疑小说，先期越是能
将读者的想象拉远于真相，越能在真相揭晓时获得更
多的乐趣。

[制造悬疑] OMAX广角镜头系列广告。受众会诧异摄影师的举动，他不在拍摄美女吗？当意识到广角镜头的性能时，受众从中获得一丝乐趣。

[制造悬疑] SONY相机系列广告。UFO、水怪、野人，如此清晰，近在眼前，难道是世纪大发现？其实只是"证明"相机的快拍与高清性能。

十、比较

通常在做出决定之前，人们会习惯性地进行事物间的比较，以帮助得到最佳的选择。比较是十分符合逻辑判断的一种手法，通过比较而得出的结论其信服力很强。广告创意运用比较的手法，引导受众去分析判断直至获得结论，以此来实现广告诉求。

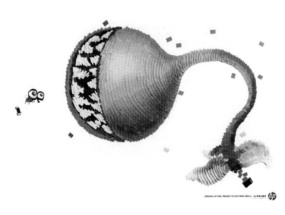

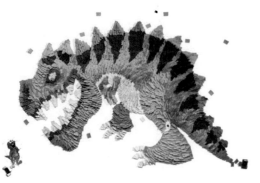

上图. [比较] 惠普打印机广告。惠普可以打印更多张纸的产品利益点通过与一般打印机比较之后，明显体现出来。多与少的比较化作"强者"与"弱小"间的悬殊较量，形象化地表达出广告的诉求。

右图. [比较] DONUTS的健康食品广告。广告语"令其他食物看起来很恐怖"。将油炸食品、薯片、巧克力这些垃圾食品比作可怕的毒蝎或是怪兽，通过夸张的对比反衬出DONUTS食品的健康。

十一、夸张

产品的利益价值用极度的方式加以表述，它有多么
快、多么酷、多么坚固安全、多么美味诱人、多么时
尚超前、多么难以忘怀等等。夸张制造出非现实的情
节，是一种强势加幽默的语气，往往令人印象深刻、
过目难忘。

上图. [夸张] 家居店打折广告。家居的打折导致了消费者的疯
狂抢购，以极为夸张的手法加以表现，即大巴士、火车都装不
下如此疯狂的购物者及其收获的战利品。

左图. [夸张] TOTALGAZ厨房设备安装广告。广告语"极易安
装"。令人头痛的、繁复的厨房设备安装以夸张手法加以表
现，以此反衬出TOTALGAZ产品的轻松便捷。

十二、一个绝好的消费理由

广告给出消费者一个无法辩驳的消费理由，令消费者无可推辞、欣然接受。例如"当你没法刷牙时，请嚼益达无糖口香糖"，这是一个十分合理的消费理由。广告创意站在受众的立场，切实关怀受众所需，真诚地告知他们你的确需要我的服务，广告诉求就具有了信服力。

十三、真实与正宗

消费者十分注重货真价实，广告把握真实性正是基于这样的消费心理。广告创意在真实性上下功夫令受众体会到一种诚恳务实的态度。所谓真实与正宗通常表现为以下几个方面：
（1）真材实料，百分百优质原料；
（2）著名的原产地；
（3）公认的首创者；
（4）有着悠久的品牌历史。
这些诉求都会令消费者深信它是最好的。

右图. [著名的产地] 精美西点广告。利用皮包、沙发这些道具突出意大利产地这一卖点，寓意西点的优质高品。

下图. [传奇故事] MASTER芝士广告。主文案写道"MASTER芝士有一段传奇的故事"。英勇的男爵为得到MASTER芝士而宁可以失去右臂为代价。

十四、标识再现

标识再现属于图形创意表现手法。在品牌形象广告中，品牌标识符号以独特的方式呈现，成为广告画面的组成部分。标识符号以多变或有趣的形式重复再现于广告画面，目的在于从视觉层面强化品牌标志符号在受众头脑中的记忆，从而实现品牌传播。

十五、广告口号语的双关

一语双关、一词多义、言此在彼的修辞方式运用于主广告口号语的编写方式。图形创意手法也有双关的表达，利用形态造型上的相仿性来传递内在相互关联的双重概念。

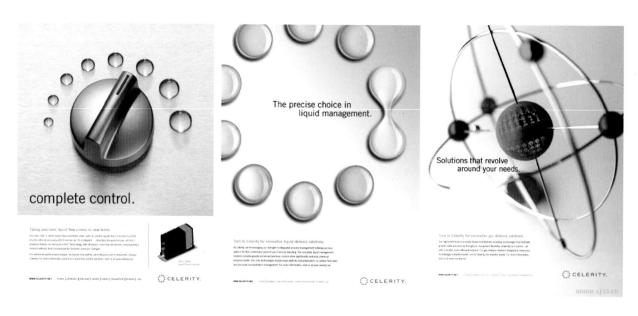

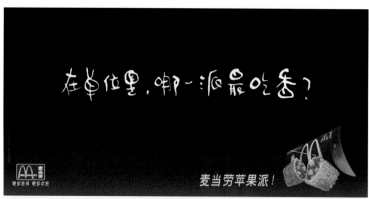

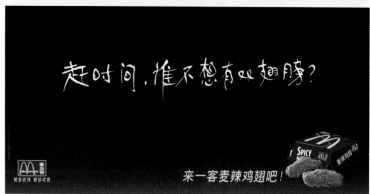

上图. [标识再现] CELERITY水处理设备系列广告。CELERITY的标志是由一串象征水滴的圆点构成的，广告以这一串水滴引发想象，表达了"精确、控制、以需求为核心"等多个诉求概念。标志的形态以多变且富于寓意的形式再现于广告画面中。

左图. [广告口号语的双关] 麦当劳广告。广告语一语双关，十分精彩，展现了上班白领的生活工作中的真实一面。

十六、语不惊人死不休

极具震撼力的标语口号，将口号语的力度推向极致，制造出强势震撼的语气，必能引发受众的关注。

十七、妙语戏说

妙语的构成往往可以鼓舞出伟大创意。修改现存的妙语或把它们作为新鲜创意的来源。重要的是妙语原有的结构不要因为新编过程而被改变太多，否则很可能失去妙语原本的精髓。
妙语新编需要分析妙语中引发戏剧性的最关键元素，如果妙语结构或者参照物改变会怎样？在不同的语境下使用妙语会产生怎样的效果？综合新旧元素，产品或者服务如何用妙语来吸引注意力？

[广告口号语的双关] NIKE系列广告。文案是"向你问好"、"这样不好"利用一语双关，并带有一定的调侃。

[语不惊人死不休] NIKE系列广告。文案是"叫我老板"、"你不称职"，口气十分强势。

第三部分 视觉篇

第八章 关于广告设计

第一节
广告设计与广告创意的关系

视觉作为感知的首要因素，是促成消费者购买感觉的关键，因此视觉设计在整个广告工程中的地位举足轻重。我们通常所言的广告设计，狭义上是将广告创意从概念层面向视觉表现进行衍化。广告创意着重解决广告到底"说什么"，而广告设计（视觉表现）则是要解决"怎么说"，将概念形象化，变成可感可知的具体画面。视觉设计师是此阶段的主角，需要发挥专业特长，灵活、准确及富有创新地运用视觉语言，给创意穿上魅力的外衣。

第二节 何为好的广告表现
—— 优秀设计的评价标准

好的广告设计决不简单等同于漂亮的广告画面。视觉设计师在进行广告画面的设计时，若完全仅以美学原理与技法作为考量，将会产生巨大的错误。所以，何为好的广告设计？成功的广告设计的评价标准是什么？我们很有必要首先将这一标尺阐明清楚——好广告设计的核心评价标准取决于是否具有感染力、引起认同感。

好的广告设计（即成功的广告视觉表现）的核心评价标准是：广告画面设计是否具有感染力、能引发认同感。

一、受众对于广告的形式画面存在预期

"广告画面设计是否能引发认同感"成为好广告设计的核心评价标准，其主要理由在于：广告的最终目的在于说服目标受众。而目标受众对于广告的形式画面存在预期。

通常，设计师在进行广告设计时会紧紧将思维锁定在广告创意概念该如何转化成最佳的视觉表现上。我们知道视觉表现由创意决定，创意由策略决定，此时，似乎受众只能被动地接受设计师设计出来的广告作品，其实不然。设计师显然没有意识到受众对广告画面其实存在预期。这实在是多数初级设计师很容易忽略的重要因素。举例讲，消费者需要购买的是实惠商品，广告画面却设计得过于华丽，形式虽美，但却完全不符合消费者对"实惠"的想象，彼此达不成共识，则广告成为无效推广。

不过，这里所谓的受众对于广告形式画面存在预期，绝非理性思维下的、具体的画面想象，而更多是感性的、粗略的、不确定的想象。比如，怎样的视觉形式反映出奢华的，或是脱俗的，或是大众亲民的，或是科技感的等等，都只是大体有个初步的感觉与界定。

好的广告设计应该具有拉拢受众的功能。即视觉设计符合受众想象的形式表现，唤起认同感，一旦有了来自消费者心理上的认同，广告传播就赢得了一个十分好的开始。

二、愉悦地向消费者传达广告信息

消费者在接受广告信息时一定希望是带着欢愉的心情，就像购物获得快乐是商业营销理想的境界，具有好感的广告是设计需要尽量达成的效果。

形成好感的奥秘是很深的，为了形成好感，必须同时具有认同感、高品质感，缺一不可。

1. 认同感是最首要、最难实现的
认同感的实现，取决于对目标受众审美心理的充分挖掘，即重视与尊重受众的审美取向，以受众需求为源头，寻找视觉表达上的合理方向。

2. 高品质感要求高水平的视觉落实
广告画面设计流畅、技法娴熟、审美价值高，会让画面产生高品质感。相反，如果照片失去均衡，文字编排杂乱，品质感就差，信赖感就弱。

第三节 广告设计的流程

第一步：阅读创意简报
创意简报是广告创意的依据，创意简报中逐项列出广告目标、品牌形象、产品定位、目标消费群体、市场竞争对手等重要的市场要素，并进行初步提炼与分析。设计师预先认真研究创意简报，可快速正确把握广告目的，帮助更好领会创意团队完成的创意概念。

第二步：领会创意概念
创意概念是在对各项市场要素进行全面分析和客观认识的基础上，深入把握消费趋势，发现市场机遇，找到符合消费需求的产品（或服务）的最佳诉求点，最终演变为支撑广告创意的核心概念。创意概念相对概括抽象，需要以具体可感的形式传达给受众，这就是创意表现（视觉表现），因此，视觉表现是对创意概念的一种翻译，翻译成为视觉语言。翻译需要首先充分领悟原作精神，同时在翻译的过程中追求精确无误且生动感人。

第三步：研究受众审美心理

广告创意与设计必须十分关注"人"（目标消费者）这一要素，但凡真正关注、理解与尊重人的需求以及相应的心理特征，由此出发而产生的创意设计必能获得最好的效果。进行视觉设计时就要具体到分析与把握受众审美心理，明白其实受众对于广告画面存在预先的想象，你的设计若能符合其想象，便能获得来自受众的认同感与好感，这是十分关键的。

第四步：确定主视觉格调

视觉格调大体分实用性格调、随和性格调、精神性格调。三类视觉格调产生不同的心理反应：实用性格调对应务实性、功能化、大篇幅的信息成列这样的广告类别；随和性格调对应大众消费、促销性强的广告类别；精神性格调对应高格调、高级商品的广告类别。与广告定位不符的视觉格调取向，将会在大方向上将形式表达引向误区，致使之后所有的设计修饰成为徒劳。

第五步：图形的创意性表达

广告设计将创意概念演绎为视觉画面的过程也存在巨大的创意空间，视觉创意是广告创意手法中的重要组成，广告十分期望借助视觉创意本身带来精彩的吸引力。因此，作为善用视觉语言的设计师应发挥所长，开拓出更多样、更新颖、更富于创新性的视觉画面来。

第六步：图文处理与版面编排

在大的视觉格调定位之下具体规划版面式样、制定版面率、把握画面动静性、处理图片、配色、设计标题、编排图文信息等等。

第九章
无缝合奏——图、文、色

图、文、色是视觉设计的三大构成要素，是视觉语言的基本词汇，设计师若要顺利实现画面的视觉效果，务必要娴熟掌握这一独特的语汇。视觉语言的最大的独特点在于图、文、色三大要素彼此之间紧密相连，形成整体，共同促生视觉风格。因此，学会将三要素和谐、整合运用是掌握视觉语言的最为核心的要点。

图、文、色的密切关联性表现在以下方面：
1. 字体风格与画面风格相一致。
2. 字体编排与画面形成互动关系。
3. 图为主，抑或文为主。
4. 色彩与画面的情绪相一致。

第一节 图

一、广告设计中可以运用的图像要素类别

1. 摄影图片

在广告设计的各项视觉要素中，摄影画面享有绝对的传播优势，它以其真实感、直观性而具有很强的说服力，它能使大众对广告宣传内容产生兴趣，甚至信赖感。一张广告摄影的好坏几乎决定了广告设计的成败。设计师需要精心筛选出好的摄影素材，并将摄影图像在电脑中进行再构图、再加工。摄影加上电脑图像处理技术几乎可以满足一切的创意表达，同时影像画面的视觉美感与艺术风格愈加优质，广告画面的视觉吸引力也愈加强烈。

[摄影图片]
NIKE广告。精彩的广告摄影成就了这一系列的作品。

2. 手绘插画

运用丰富的手绘表现形式呈现感性、多样化的艺术风格。如写真画,逼真地展现商品形态或广告情节,强化照片无法体现的细节、个性及情境,深具说服力与表现力。带有强烈艺术气息的插画,如速写、素描、水彩、油画、国画或其他绘画手段融于商业设计,给商业带来别样的人文气质与艺术品位,技巧性地掩盖了商业的功利目的。目前,手绘插画与摄影画面结合表达成为广告设计的流行手法,各取所长,新颖、个性。

[手绘插画] 日本料理广告。具有日本传统风格的插图,很好地体现出食品的地域性与文化味。

[手绘插画] 购物商场广告。别出心裁地采用国画水墨技法作画,展现地域文化特色。

[手绘插画] 统一方便面广告。市井生活在插图师的笔下更具趣味与个性。

3. 抽象图形

抽象图形是将自然形象进行概括、提炼、简化而得到的形态，例如点、线、面等几何形以及不规则有机形。它们既可在形式上作为版面构成元素，营造画面风格，又可在传达功能上对信息进行有效地划分，建立阅读的层次感。

从审美角度上看，抽象图形是富于现代设计理念的形式表现，纯粹的直线、曲线、矩形、圆形等几何形，符合极简风格的审美偏好。抽象图形在画面中常常并不作为主角，但万万不可因此而忽视它。它起到的是烘托主题、串联信息、构建画面、营造气氛的作用。将抽象图形引入设计不单单是出于对形式感的追求，它所兼有的功能性更值得关注。

[抽象图形] 音乐会招贴广告。轻松自由的图形运用营造出电子、现代、动感的气氛。

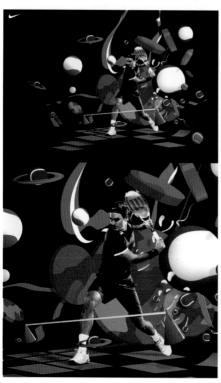

[抽象图形] NIKE网球装备广告。网坛超级巨星与抽象图形的组合，让画面看起来更时尚、动感。层次丰富的画面与独特的形式感让人记忆深刻。

4. 卡通造型

表面上，卡通漫画似乎是以一种稚气、可爱的绘画手法呈现的又一艺术门类，倘若仅把它看作是绘画的又一分支，如此认识，卡通漫画拥有的巨大商业市场以及折射出的文化现象将无从解释。现代卡通漫画作为流行文化的一部分，已不分年龄、阶层和地区地渗入到商业社会的各个方面，在时尚的人们对孩子气的物品趋之若鹜的时候，商家也在着力推崇这种营销砝码。可爱的卡通形象多少能给人轻松、亲近、真诚的心理感受，又加之被赋予了流行的识别符号，以卡通形象作为品牌的代言或是企业的象征已变得非常普遍。现代的卡通漫画呈现简单、无规则、易逝的特点，简单即去除各种赘饰，带有极简抽象主义特征；无规则即风格多样，极具个性，适宜不同品牌的诉求及个性化消费；易逝即像所有流行的事物一样会风靡一时但很快就过时了。卡通漫画的这些特点恰好符合现代商业快速更替、短暂，追求个性、简单、趣味等特点。

[卡通造型] 服装店系列广告。别出心裁的卡通主角，塑造品牌个性、轻松的风格。

[卡通造型] 儿童刊物广告。生动的卡通形象体现出刊物的趣味性，以吸引相应的阅读对象。

二、广告设计中图像要素的处理方法

1. 退底（抠图）

在Photoshop中，将需要的物象从摄影图片中沿轮廓边缘取下，此操作方式称为图像退底（或抠图）。取下的物象边缘可以是生硬的，也可是渐变羽化的。退底常常是图像合成的前一步骤。退底处理主要是为了去除原始照片中烦杂、不和谐的背景，使主体形象更加醒目突出。另外一大用途是，退底的照片更能融入画面，令版面生动、活力、有情趣。

2. 合成

运用电脑影像合成技术将多个图片元素 "嫁接" 为一幅更符合主题概念的图片，这种融合了设计师绝妙的创意力与丰富的想象力的画面，可以呈现出令人惊叹的超现实效果，用一幅图就表达出多层次的概念。

[合成技术] TIGER啤酒广告。图形元素与影像合成，这种流行的合成方式成为了一种时尚的视觉表达。

3. 再构图

通常我们在运用一张照片时并非百分百使用整图，也许仅仅截取原始照片的一个部分，重新构图，使画面信息的主体更加突出，视觉上也更为理想。

4. 修图美化

修图属于照片后期处理技术，剔除瑕疵、美化细节、优化质感，使图片达到极致完美的程度。例如化妆品广告中，模特脸部需要经过繁复的细节修整，使其完美；汽车广告中，车体的金属光感也是需要后期完善的。

[修图、合成技术] 以上是几组精彩的广告合成画面的制作分解图。

5. 增加质感

对照片添加不同的质感可诱发不同的联想与情感。例如，对照片增加手绘质感（素描、水彩等），可赋予照片艺术气息和人性化特点；对照片进行破损、烧灼的效果处理，可带来颓废、陈旧之感；对照片添加数码点阵处理，会使画面呈现科技感；强化照片的影像颗粒，会使画面具有如胶片记录式的真实效果，等等，手法十分丰富。

[增加质感] 图片渲染上了一层拓印效果。

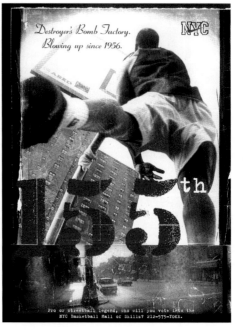

[增加质感] 图片的局部进行了印刷网点的视觉强化。

[增加质感] 图片特意进行了做旧处理，产生出老照片的感觉。

6. 影调处理

对一幅全彩的照片进行色度、彩度、明度、纯度或冷暖的改造，使其更贴合广告创意主旨对画面的形式需要，令图片表现更细腻、独特、具有感染力。改造方法可从以下角度进行：

（1）将全彩的照片做取色处理，保留黑白明度层次，再着以一套单色；

（2）仅以一套单色诠释照片的明暗层次；

（3）突破照片的自然纯度，创造不同情绪的色调；

（4）突破照片的自然明度，从而改变画面的分量感；

（5）突破照片的自然彩度，给照片重新赋予色彩解释，非真实的颜色带来视觉上的艺术感。

[影调处理] 以上的一组广告，图片均是以一种或两种单纯的颜色加以诠释，视效独特。

7. 打散拼装

首先要将完整的图像裁剪、打散，再重新组装，或是将不同情景的图片蒙太奇式地组装在一起，这种错叠、随性的拼装带给人不稳定、错乱的视觉冲击，并制造出新颖独特的形式美感。合成手法一般要求影像混合要自然、逼真，而打散拼装则并不掩饰拼接的痕迹。

8. 嵌入图框

摄影图片的初始形态是四方形，为了使图片在版面中更能融入画面，产生生动、有趣、亲切的效果，抛开死板的四方外框，嵌入圆形，或任意几何形态，或放入标志形态中。边缘可以是生硬的，也可以是羽化的，或是斑驳的。

9. 品牌标识符号

标志符号作为品牌形象的视觉核心要素常常是广告设计中的必要列入元素。值得关注的是，将标志图形以巧妙多变的创新方式融汇到版面设计中，既构建了版面的形式特点，更有效实现了广告对品牌形象的塑造功能。辅助图形是对标志进行重构、重复或提取标志中的某个图形元素而产生的，辅助图形同样也给人以品牌的联想。广告中，辅助图形以隐喻的方式灵活出现，亦是实现品牌塑造的传播目的。

第二节 文字

一、广告设计中的文字要素有哪些类别

1. 标题（口号语）

广告口号语是体现广告创意策略的简单语句，常常是广告利益诉求的点睛之笔。广告标语与画面是广告传递出的最为重要的信息，而广告文案只作为补充。

因此，标题（口号语）的设计需要多花些心思，使其特别，并成为所有文字信息中的视觉主角，而其他的文案信息只需进行配合性的编排。

2. 广告文案

广告文案是将概括的口号语进行详解，可帮助受众清楚领会广告意图。广告的画面或口号语足够吸引人则可引发受众进一步阅读广告文案。

广告文案的编排并不主张过于独特或形式化，确保广告文案字体与编排易于阅读才是最为关键的。

3. 企业与商品基本信息

企业与商品基本信息包括企业名称、地址、服务电话或销售热线、质量安全资质、商品客观数据信息等。这类文案的编排切忌一定不要特意去设计它，而是讲求严谨、理性的排版风格。

二、文字要素的设计要点

1. 关于字体

（1）字体在广告版面中的魅力

所谓字体是指文字的风格款式，不同的字体传达出不同的性格特征。在广告版面中文字并非简单用来承载信息，其视觉价值也十分巨大。字体要与画面风格格调相互呼应配合。字体在视觉上也有着丰富的表达：

a. 字体能够表达情感。
b. 字体能给人意境的联想。
c. 字体能烘托语气。例如，煽动性的广告语采用粗犷的手写字体，极能烘托出文案的祈使语气，也令画面更具力度。

[字体的意境联想] 大宇多用途汽车广告。在表现汽车多用途的三张画面中，广告文案的字体也随之调整，符合不同的情境需要。

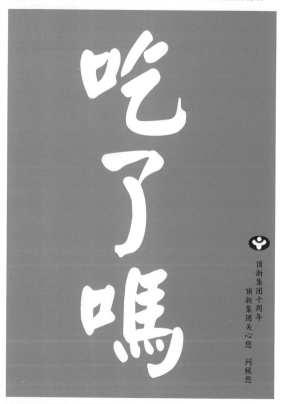

[字体烘托语气] 顶新集团广告。书法体很好地吻合了这句朴实亲切的问候语气。

[字体烘托语气] 摩托罗拉对讲机广告。字体表现出强势的语气来。

（2）熟悉字体风格

熟悉字体风格可以从了解字体风格的演变历程开始。
以英文字体为例，按照风格划分可以大致分为四类：

a. 传统手写体
精致、考究、华丽、高贵的花体是手写体中的经典。

b. 罗马体
传统的镌刻文字在工业时代进一步得到简化，强化了工整性并适度保有修饰性痕迹，规整中带有古典韵味。

c. 线体
剔除所有的修饰，明快干净，等宽的笔画线条，简约时尚，具有强烈的工业化的现代美感。

d. 数码体
数码技术支持现代字体的创新发展，大量个性鲜明的新式字体频频登场，大胆融汇了从古典到未来的一切视觉流派，又称为后现代字体。

[传统手写体] NIKE广告。主文案字体是一款具有优雅、古典、女性气质的花体。字体风格统一于整个广告画面的视觉格调。

[风格各异的英文字体] 以上的一组广告中，字体款式风格多样，与广告的内容、主题相契合，极具表现力。

与之相似，中文字体也经历了相似的风格演化：

a. 传统字体

楷书、行书、隶书、篆体、颜体、魏碑等；

b. 过渡字体

宋体（标宋、中宋、大宋、超宋）、仿宋等；

c. 现代字体

黑体（中黑、大黑、超黑、微软雅黑）、等线体（中等线、细等线）等；

d. 后现代字体

圆体、倩体、综艺体、菱心体、广标体、黑变体等。

字体学习的关键是要学会鉴赏与体会不同字体风格所带给人的不同味道、感受和情绪。例如，宋体表达出儒雅与文化感、线体（黑体）表达出简约美与理性美、圆体表达出可爱感与亲和力、倩体表达出的女性美感等等。

[中文字体] OIOI 服装广告。经典且具有古典美感的宋体在这则广告中十分契合。

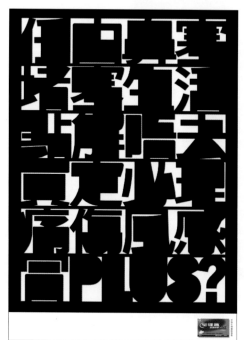

[中文字体] 药品广告。基于黑体字而做的字体图形创意。

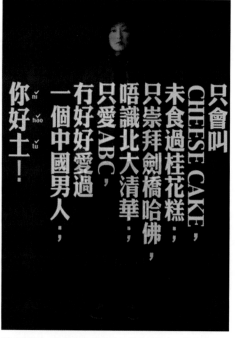

[中文字体] 黑繁变体是黑体与宋体的混合，粗实有力且同时含有宋体的文化韵味。

[中文字体] Japengo餐厅广告。楷书风格的中国书法体与西洋美女结合，视觉效果不同凡响。

（3）字体搭配法则

a. 一幅作品中字体的变化不宜过多。

不论信息量有多少，字体选择控制在二至三种已足以满足画面的需要。因为即使字体不变，通过改变字体的大小、色彩，或是装饰手法也可达到同样目的。

b. 切忌随意改变原有字体的比例。

字库字体从结构比例上已设计到最佳效果，随意拉长、压扁字体会破坏字体的美感。

c. 标题字体可选择较宽粗或带有一定修饰的字体，以吸引阅读。

d. 字数较多的文案字体应选择简洁、纤细的字体，以方便阅读。

e. 字体搭配时注意避免风格的抵触，要求既相区别又相协调。例如，亚现代字体（宋体）能较好地与书法体相配搭，因为亚现代字体在设计时是基于对传统字体的改良，与其有内在的呼应，两相搭配产生出现代与传统的融合感。

f. 选择不同的字体或字级区分不同层次的信息内容。

[字体搭配法则] 康师傅茶罐子广告。主广告语采用的是手写书法体，与之相搭配的详细文案是用了仿宋体，两种字体运用得十分协调。

2. 文字编排

（1）字距、行距、字级、栏宽

a. 字距、行距

把握字距、行距不仅是阅读功能的需要，也是形式美感的需要。设计师有时会刻意改换电脑字库字体初始默认的字距行距以求实现更佳的形式表现。字距行距缩小，可造就紧密、整体的视觉效果，并使阅读加速。但过于拉紧字距行距也会产生混淆不清的负面效果。研究表明，拉大行距比放大字级更能造就清晰顺畅的阅读条件。过小的行距会造成视觉的混乱，降低阅读速度。字距行距拉大，单个的字符回归到"点"的视觉特点，而分散的行距显现为每一行的"线"形特征，由此形成的排列方式会产生出精致、典雅的视觉效果。

b. 字级

广告版面中字体大小的设定也是设计师对形式的追求。大小变换之间，呈现的是对比与节奏的美感。从阅读功能上讲，依据信息的重要性设定相应的字级。重要信息用大号字，引起关注；次要信息用小号字，退让其后。

c. 栏宽

阅读过长的行会令读者感到紧张以致疲劳，令阅读效率低下。那么，一行到底应该排列多长？从阅读功能角度讲，有具体数据推荐：每行的长度以不超过30个字符为上限。对大篇幅的文字段落进行分栏处理不失为是一种非常奏效的办法，根据版幅的大小，将分栏数设定在二至四栏，会使阅读变得舒服又高效。

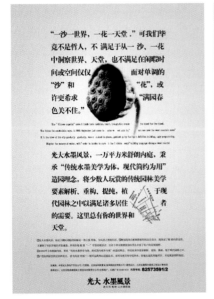

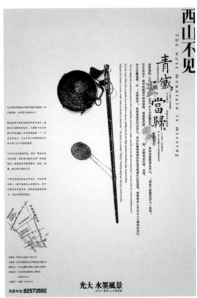

[字距、行距、字级、栏宽] 以上二组广告中，文字的排版生动，却又不失章法。

（2）段落文字的对齐

a. 左右对齐

最常用的中文段落文字的对齐格式，英文则并不适用，整齐划一的优势可造就版面的清晰有序。

b. 左边对齐

最契合从左至右的阅读习惯的排列方式，读者可以沿着左边整齐的轴线毫不费力地找到每一行的开头。左边的整齐一致与右边的长短随意，造就规整而不刻意的编排效果，在英文中使用最普遍。

c. 右边对齐

将文本右对齐，一般是要与右列的图形、照片形成呼应，或是沿版面右边缘编排。但由于每一行起始部分的不规则，阅读上相对费力，因此使用频率并不是很高，但视觉感觉较为独特。

d. 中心对齐

居中对称的编排形式给人强烈的古典、庄重、精致、优雅、严肃的感觉。

[段落文字的对齐] 广告画面写意单纯，其中文案一律使用了左对齐样式。

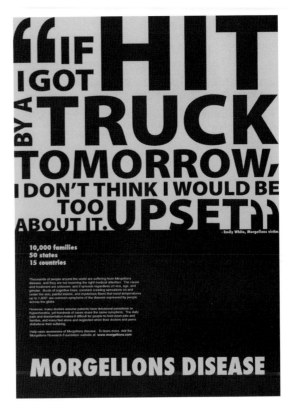

[段落文字的对齐] 以上的四幅广告中，文字对齐的手法多样，形式感很强。

（3）字图互动式编排

a．自由排列
不追求对齐，打破秩序，随兴排布，字级大小也可变化，属于诗意与感性的排列方式，文字与画面融合性、互动性强。
b．文字绕图
文字围绕画面中的图形的外轮廓进行编排，使文字的排序生动有趣，与图片的互动性很强。
c．文字嵌入形态
文案的排列形成的独特、独立的外形，具有图形化的意味，文字从而富于装饰趣味。

（4）文字编排的方向性

文字最常见的排列方向是横式，汉字中传统的编排方向是竖式，放到西文中若要采用竖排，是将原本横式的书写的文本直接地作个90度顺时针旋转得到。
汉字竖排后立刻有了传统味道，为了获得更独特的视觉感受，文字编排方向更大胆可尝试斜排、绕排、多角度错排等。总之，尝试改换文字编排的方向会给广告版面带来不一样的感觉。

[字图互动式编排、文字编排的方向性] 文字的斜向排列增添了画面的动感。图文编排互动性很强。

[字图互动式编排、文字编排的方向性] 文字绕图排列、斜向排列，手法生动灵活。构成式画面形式感极强。

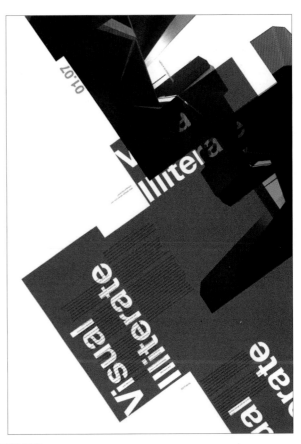

[字图互动式编排、文字编排的方向性] 段落文字排布成块状，与块状的色块相统一。

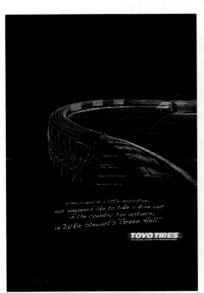

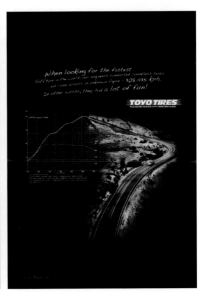

[字图互动式编排] 手写的文案与插图互动排列，随意感强。

（5）文字编排中的对比与对齐

a. 对比

即拉大不同类别的信息在文本属性上的差异，譬如粗细对比、大小对比等。对比可以形成节奏，用视觉表现信息的层次与主次，并成就阅读的流程顺序。

b. 对齐

是指组建文本与文本、文本与图像的对齐关系。对齐可形成视觉的联系，使画面富于秩序，让阅读更加顺畅。

（6）图文关系

广告版面设计中，文案排放的形式与位置很大程度上受到图片的影响。文字的排列与版面中的图片形成视觉上的互动，可令版面编排的结构更加紧密、形式更具整体性。具体手法有：

a. 文字与图片的理性式对齐，通过拉出辅助线，可以明确看到图文间的对齐关系；

b. 从画面构图角度，将文字与图片同视为画面构成元素，进行统筹式的编排，文字最终排放的位置和样式与图片存在内在的必然关系。

[图文关系] 文案编排在了背景大图相对空白的位置上，很适宜。

[图文关系] 文案与插图融合编排。

[文字编排中的对比与对齐] 文案右对齐式排列，与模特的右倾姿态相呼应。

3. 标题（口号语）的设计需要多花些心思

一般广告中文案字体选用字库中的各类款式已足矣，唯有口号语文字有必要做些更形式化的设计处理，这是由口号语在文案中的核心地位决定的。口号语点出了创意核心概念，是广告文案中的点睛之笔。当广告口号语配上独特的形式效果，其传播效率会大大增强。

在对口号语进行设计时要注意，无论怎样设计，文字的可读性要确保。具体的方法有：

（1）创新字体。即改变笔画形态及间架结构，以得到新款的字体。

（2）创新组合。打破单调的横排一列的常规样式，采取错行错位、大小配对、转变方向、字图混搭等手法设计出有新颖度的组合形式。

（3）修饰字体。具体方法有立体化、制造透视、色彩渲染、字图拼装等。

上图. [口号语的设计] 用安眠药拼出的文案，表现失眠者的话语；用彩色颜料挤出的字形，表现孩子的话语。

右图. [口号语的设计] 临终关爱自愿者组织机构公益广告。主文案使用手绘的立体字加以表现。

第三节 色彩

研究表明，色彩较之图文对人的心理影响更为直接，具有感性的识别性能。现代商业设计对色彩的应用更上升到"色彩战略"的高度，成为促销推广的策略手段。设计师需要培养良好的色彩感觉和色彩学知识，研究色彩心理，把握色彩风格，同时密切关注色彩的流行趋势，使色彩成为真正的视觉行销的有力武器。

一、色彩要素与情感发挥

1. 色彩各要素中的情感因子

学习色彩关键是要能体味出不同色彩所带出的不同情感。从色彩学上讲，任一色彩都同时具有色相、纯度、明度、冷暖四大属性。色彩对人的心理情感的影响源自这四个方面。

（1）色相的情感发挥

色相即色的相貌，如赤、橙、黄、绿、青、蓝、紫，便是不同的色相。不同色相能启发大众对具体事物的联想与心理感受。在运用色彩时要特别关注色彩的象征性，即不同色彩对应不同的行业、产品、年龄、性别、情感、审美偏好等，对于已取得普遍共识的色彩心理反应在设计时应作为参考依据。

（2）纯度的情感发挥

纯度也叫饱和度，是颜色的鲜艳程度。高纯度色彩给人醒目、单纯、年轻、外向之感；低纯度色彩给人细腻、暧昧、沉稳、内敛之感。

[色相的情感发挥] ABSOLUT伏特加广告。系列广告中，每幅广告都有其鲜明、单纯的主色调，时尚、亮眼。

（3）明度的情感发挥

明度指色彩的明暗、深浅程度。高明度的色彩给人明快、干净、优雅之感；低明度色彩给人沉重、忧郁、深刻、内敛之感。

（4）冷暖的情感发挥

色彩是有温度感的。暖性的色彩给人亲近、柔和、感性的心理感受；冷性的色彩给人冷漠、理性、低调的心理感受。

[色相、纯度的情感发挥] Poly果汁饮料广告。广告画面不同的色相分别取自不同果汁的自然色彩，象征性强。高纯度的颜色，给人新鲜、醇厚的感受。

[明度的情感发挥] 摩托罗拉手机广告。高明度色调赋予画面神圣的光感。

2. 按情感类别划分色彩类别

由于一种颜色同时具有色相、纯度、明度、冷暖，因此颜色可以表达的情感是相当丰富细腻的。尝试对颜色按情感类别进行分类，我们可以获得例如：

（1）干净的色；
（2）肮脏的色；
（3）颓废的色；
（4）浪漫的色；
（5）年轻的色；
（6）酷感的色；
（7）高贵的色；
（8）实惠的色；
（9）促销的色；
（10）低调的色；
（11）高调的色；
（12）愉悦的色；
（13）沉重的色；
（14）恐惧的色；
（15）强势的色；
（16）亲和的色；
（17）艺术的色；
（18）金属感的色。

把握上述色彩类别，需要深入研究不同情感类别的颜色在色相、纯度、明度、冷暖上的配色规律。

[感性的配色] 最新的鳄鱼服饰广告。续写法式浪漫格调，广告色彩表现出明媚光感。

[感性的配色]　鳄鱼服饰广告。在上一版本的鳄鱼系列广告，天空的色彩被处理成具有高级感的蓝灰调，映衬出服饰漂亮的颜色，画面整体色调和谐、高级。

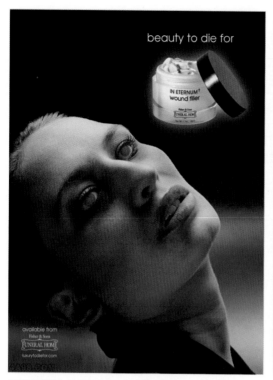

[感性的配色] 化妆品广告。暗冷的色调制造出死亡的氛围。另类的创意令广告个性鲜明。

[感性的配色] CHIVAS酒广告。金黄色取自CHIVAS酒的色泽，在深邃的幽蓝衬托下显得更为光灿夺目了。广告色彩给人极尽奢华之感。

二、色彩的功能性——识别功能

色彩具有识别效应，色彩的功能性包含"指示"与
"区分"两个层面：

1. 色彩指示
受众通过色彩感受广告讯息，即通过颜色感知广告传
达的意念与情感，也可以通过颜色大体把握所属行业
及产品的类别、特点。要实现此要求：一是要从色彩
象征性规律出发，依据色彩的普遍心理反应选择用
色；二是从实际行业用色的情况出发，从现行案例中
获得代表色，并在设计中加以借鉴。

2. 色彩区别
受众通过色彩区分品牌。即强调色彩个性，旨在与竞
争品牌拉开差异，甚至通过反常规配色，达到出奇制
胜的效果。

三、品牌色（或产品色）在广告中的延伸应用

广告画面主色调采用品牌识别色，或是局部色彩呼应
品牌识别色，品牌色在广告中的延伸性应用成为制定
广告配色计划的首选方案，在具体实施时呈现多样
化、灵活生动的表现。画面色彩从品牌色出发，透过
色彩与品牌间形成视觉联想，从而强化了品牌形象宣
传的功能，是此色彩策略的根本目的。

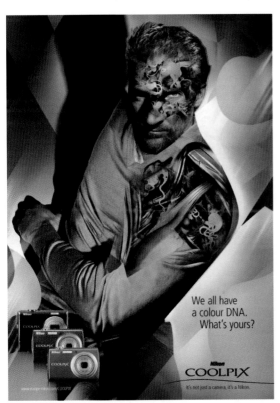

[产品色在广告中的衍生运用]　NIKON相机广告。产品多样的色系衍生成为系列广告的多个画面色调。广告画面色调诠释出照相机外壳
的色系设计理念。

[色彩的识别功能] IPod与IPhone广告。高纯度、缤纷的色彩组合成为这两款苹果产品的广告配色方案，表现出年轻、活力。

[色彩的识别功能] 瑞士环保宣传广告。瑞士的国家红以多变的形式手法出现于广告的画面中，以呼应主题。

四、配色法则

1. 设定主色调

主调是指版面色彩的总体基调。版面的色彩一般会涉及多种颜色，从美学角度及强化色彩记忆的两方面讲都有必要为画面选定一个起支配地位的主色，版面的其他颜色与之相协调，切忌色彩的零乱与抵触。

2. 调和、平衡的色彩搭配

调和是色彩在视觉上的一种平衡状态。调和的画面色彩给人舒缓、平和、优雅、细致的心理感受。实现调和的配色方法有：

（1）改变对比色彩的明暗、纯度。

（2）改变对比色彩的面积大小。

（3）用黑、白、灰及金、银色来间隔对比的色彩。

3. 对比、强调的色彩搭配

打破过于平庸、沉闷、谨慎的配色，采用对比色，加强主题的表现力，制造视觉亮点与记忆点。注意，强调的色彩运用于画面的相对小面积的主体上，通过与大面积背景形成的强烈视觉反差，会实现突出效应。

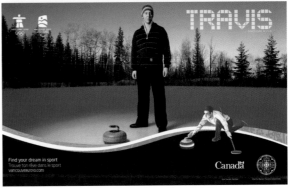

[配色法则] 2010温哥华冬奥会广告。蓝、绿、白成为贯穿温哥华冬奥会各系列广告的主色调。

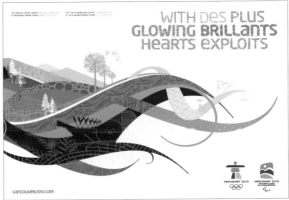

第十章 视觉格调

视觉的形式表达往往给人感性、多变、丰富、无极的印象，人们的审美喜好也往往各式各样。这常常令设计师在寻找解决方案时表现出随性与茫然的态度。视觉原本是随性的，但商业视觉切不可随性。拨开云雾，用理性的眼光重新审视丰富多变的视觉作品，可发掘出商业视觉设计中三大格调形式，即：实用性格调、随和性格调、精神性格调。这一归类，令设计的目标形象十分明确，由此带来的商业设计的正确率与成功率也大大提升。

第一节 实用性格调

实用性格调（Useful taste），讲求以诚实、功效性、实用性为主的格调。这种格调不首先强调视觉效果的漂亮，而着眼于如何将满版的图文信息传达得清晰顺畅。

一、哪些广告设计应采用实用性格调

广告中承载有大量图文信息，且内容较为严肃、理性的，以介绍、告知为主要传播目的的广告适宜采用此格调。举例说，某大卖场的促销商品广告，或某品牌的产品集中介绍广告，大量的产品信息充满整个广告版面，此时广告创意与视觉美化已不是重点。

二、实用性格调的画面形式特点

1. 图文的信息量都很大，充满整个版面，几乎没有空白；
2. 图文比率是以大量的文字信息为主；
3. 版面的样式是硬网格型，文字排版按照方格外形排列，版面中图片也以四方形为主；
4. 版面呈现理性、功能化风格，体现务实、诚实的态度。

三、实用性格调的设计第一要解决的问题

实用性格调首要解决的问题是将繁杂、量大的信息进行梳理，构建信息的视觉逻辑层次，做到信息的传达合理顺畅。与此同时，兼顾视觉形象的美观与视觉识别特点。

四、实用性格调的优势与弊端

优势（关键词）：商业、没有浪费、实用性；
弊端（关键词）：冷漠、刻板、没有余地。

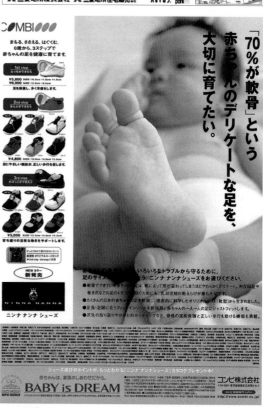

[实用性格调的广告版面] 以上两幅是很典型的但为数很少的实用性格调的广告版面。版面充实，拥满，图文信息按照方版的网格排布，十分理性，给人务实的印象。由于实用性格调的广告版面过于实惠，形式感相对较弱，因此整版采用实用性格调的版面设计是很少的。

第二节　随和性格调

随和性格调（Casual taste），是指开放、轻松、活跃，甚至是热闹的画面氛围，给人容易亲近的感受，容易建立情感互动。在其他两类主流格调（实用性格调、精神性格调）中适当混搭随和性格调的表现手法是有益的，例如可令高傲冷漠的高级化妆品广告变得具有亲近感，乏味单调的商场导购广告变得富于愉悦感。

一、哪些广告设计应采用随和性格调

面向大众消费群体、商品同质竞争激烈的广告，讲求视觉画面的煽动性，广告表现出讨好与拉拢的姿态，以求在激烈竞争中占得先机。例如，定位于大众的消费品、娱乐、体育、生活、女性、时尚产品的广告。

二、随和性格调的画面形式特点

1. 图文的信息量适中，广告版面并不拥挤，内容详实；
2. 图文比率数量相当；
3. 版面的样式多为自由式的编排；
4. 标题往往会设计得很大、很醒目；图片会采用抠底、合成手法；色彩通常强烈、单纯、饱和、鲜明；
5. 画面整体面呈现自由、随性、活跃的氛围，具有亲切感、煽动力。

三、随和性格调的设计第一要解决的问题

随和性格调的设计首要解决的问题是建立版面视觉的亲和感。塑造轻松、活跃、随意、自由的画面性格。因为只有这样的画面氛围，才可令受众感受到没有距离的亲切感，会在不经意间欣然地接受推广的产品或服务。

四、随和性格调的优势与弊端

优势（关键词）：开放、轻松、亲和度高；
弊端（关键词）：散漫、世俗、非严肃。

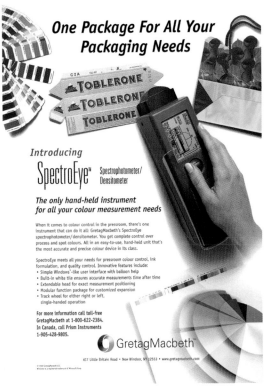

[随和性格调的广告版面]　以上两幅是较为典型的随和性格调的广告版面。版面活跃、热闹，动感十足。图片经过退底处理，随意地排布于版面中，标题文字字体粗大、醒目。整体的版面结构是自由、活跃、变幻的风格。色彩也十分丰富、跳跃。

第三节 精神性格调

精神性格调（Spiritual taste），是指强调和重视情绪、趣味等精神性的画面氛围，适合于高级化妆品、时装、趣味性高的汽车、旅游、影视等的广告表现。由于是强调符合受众嗜好的个性化的格调，因而与其他格调相比，视觉表现的手段更多样化。

一、哪些广告设计应采用精神性格调

面向小众高端群体的高端商品的广告设计，设计需体现高端定位，为商业增添人文或艺术的精神内涵，提升品牌的附加价值，以高格调、高姿态的视觉品位感染感化受众。

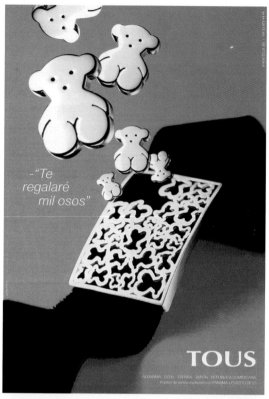

二、精神性格调的画面形式特点

1. 图文信息量很少，版面率低，有较多留白；
2. 图片在版面中分量突出，往往是一幅大图，图片做出血设计，强化视觉冲击力；
3. 版面样式相对自由，但避免过于随意与活跃，而是采取例如对称等经典款式；
4. 文字的编排规范、细腻，甚至标题也不会很大、很夸张；画面色彩情感丰富；
5. 版面呈现高格调、高品位、个性感。

三、精神性格调的设计第一要解决的问题

精神性格调的设计首要解决的问题是展现出高格调、脱俗的视觉品位。与大众性设计拉开距离，针对小众审美嗜好，展现个性格调。或奢华，或低调，或经典，或边缘，或深具文化品位，或极具艺术气质，令观者欣赏、仰慕、崇尚。

四、精神性格调的优势与弊端

优势（关键词）：度身设计、个性突出、感染力、趣味性、精神性；
弊端（关键词）：内向性、强势感、闭锁、无功效。

[精神性格调的广告版面] 以上两幅是较为典型的精神性格调的广告版面。一幅大图占据全部的版面，图片富于格调、趣味、意境，具有强大的视觉内引力。文字稀少，甚至没有也可以。色调是经过精心配色的，考究、高级。

第十一章　版面要素

广告版式中包含五大版面要素，它们是：版面式样、信息量、动静性、图文率、文字跳跃率。
视觉格调是经由版面要素的设计安排得以实现的。如何使用这五大版面要素才能表达预定的格调呢？

第一节　版面式样

版面式样分类的决定因素是规范性高还是自由度高。

一、规范性高的版式

规范性高的版面集中表现出"网格性明显"、"中心性明显"、"整体性明显"三种特征。实用性格调与精神性格调均体现出规范性特质，不同之处在于，实用性格调具有网格性明显的特征，即画面的块面分割感强；而精神性格调则体现为中心性与整体性明显的特征，版式类型更多样化些，总体给人经典、平稳的感觉。

属于规范性高的版式类型有：

1. 网格型版式

网格型版式是最能代表实用性格调的版式。
网格型版式强调由网格限制图、文信息。文字与照片的位置严格沿着格子状的参考线配置，形成没有浪费的合理版面，表达出理智特性。版面趣味性弱，表现为充实、理性、实用的格调。网格限制版面是实用性格调的典型。

2. 均等型版式

均等型版式也是较为典型的实用性格调。
图的大小与位置均等配置，简单的重复产生出平稳的节奏感。均等型表达了一种平稳、理性的形象，具有冷静的说服力，同样具有理智特性。该版式视觉上的弊端是由于均等而导致的不轻松、不活跃。

以上，"网格型"和"均等型"均为典型的实用性格调的版面格式。

[规范性高的版式——网格型]　图与文被理性地编排进方格形的框格中，显得十分有序，详实的文案经过有序的编排，逻辑层次十分清晰。主图占据较大版面，有着单纯的白底，令充实的版面有所缓和。此广告版面是实用性格调与精神性格调的结合。

3. 对称型版式

对称型是最富经典感的精神性格调的版式。

照片、文字的位置、大小大致对称配置，左右或是中心对称，成为中心明显的安定型版式。核心支配了整个版面，产生出内向性的稳重感，令版面具有安定感。对称版式是表达传统、经典感觉的最典型版式。

4. 对照型版式

对照型属于精神性格调的版式。

强调版面左右或上下在图片配置、明暗、色彩、疏密上的对照性（对比性）排列，表达出对比的美感。

5. 流水型版式

流水型属于精神性格调的版式。

图文排列自由、随意，如同行云流水，且分量均衡，版面留白多，信息量少，网格自由，具有一定的外向性格。给人优雅、温婉、自然、随意、飘逸与幻想感。

以上，"对称型版式"、"对照型版式"和"流水型版式"反映出版面要素在整个版面中的不同排布节奏之类型。编排节奏的不同产生出的视觉味道的变化，非常值得好好体会！

左上图. [规范性高的版式——对称型] 图片与文字是按照中轴对称排列的，具有经典、扎实的美感。

右上图. [规范性高的版式——对照型] 版面分为上下两部分，形成视觉上的对照，具有对比美。

左图. [规范性高的版式——对照型] 版面分为左右两部分，局部与完整、大与小的对照手法，具有对比美。

6. 全照片型版式

由一幅照片支配整个画面，充满全版的大型照片不仅具有冲击力，而且具有把人吸引进画面的魅力，具有强大的内向性与支配力，具有戏剧性、故事性与幻想性。出血照片（全版照片）充分表达画面精神。

7. 白底大照片型版式

版面的一边留有白底，其他由整幅照片覆盖，白底处安排实用性信息。版面留白空间较多，版面宽松，内容简练，给人强烈的故事性、情绪性及丰富的想象空间。该版式兼顾了全照片型的感染力，又由白底部分表达出理性的一面。

以上，"全照片型版式"和"白底大照片型版式"是最能表达出精神性格调的版式。

右上图. 右下图. [规范性高的版式——白底大照片型] 背景是单纯的一色，版面更加理性、简约。同时右下图也是对称型版式。

下图. [规范性高的版式——全照片型] 一幅高雅的摄影照片占据全部的版面，视觉高贵。

二、自由度高的版式

随和性格调的版式基本都是自由度高的版式。

版面信息充实，且组合活跃。无视网格限制自由配置文字与照片，成为不受约束的轻松形象，表达了漫步在市场中的热闹而轻松的氛围。

市场型版式

市场型版式是属于自由度高的版式类型。

市场型版式的特点是：图文不受网格限制，自由、随意、大胆地在版面中配置。丰富充实的信息热闹地汇聚在一起，就如同集市一般。为了避免四方形图片的生硬与刻板感，将图片抠底是该版式的最典型手法，抠底图片与版面其他元素的结合变得更加自然、生动。另外，将图片嵌入不同趣味形态的外框，或是羽化边缘，也能加强图文的相互融合。

与精神性格调中的流水型版式不同，随和性格调的市场型版式信息多，版面纷繁热闹；而流水型版面信息少，画面留白较多，各元素构成画面整体飘逸、流畅的意境，格调较高。

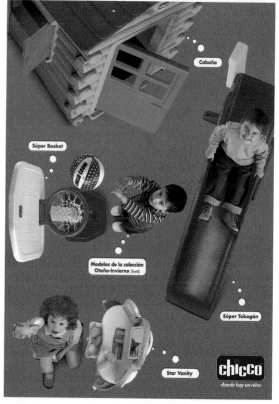

[自由度高的版式——市场型] 以上三幅广告版式是属于随和性格调的市场型版式。其典型特点是图片做退底处理，排布十分自由活跃，色调鲜亮、明快，整个画面给人轻松、愉悦的亲和感。

第二节 信息量

所谓信息量是指版面中的图文总量。很多的照片与文字充满版面，信息量大；反之，照片和文字减少，信息量就变少。

一、信息量多的版式

信息量的多少会强烈影响到版面格调的表现。如果文字与照片的信息充满版面，信息量大，不论信息内容如何，都可产生出功效性强的实用印象。

二、信息量少的版式

相反，信息量一少，消除了繁杂，画面显示出宽松而富有感染力的形象，即使内容为实用性信息，也给人功效性弱的印象。

三、信息量多少所对应的视觉格调

信息量大对应实用性性格调；
信息量中等对应随和性性格调；
信息量小对应精神性性格调。

右图. [信息量多] 图片色彩缤纷、纷繁热闹，文字信息也十分详实。这是一幅信息量多的广告版面。

[信息量少] 大面积白底，高明度色调且舒雅，文案已是极简，广告给人清爽的感受。

第三节 动静性

动静性是指图文编排表现出来的静态感（垂直、水平排列）或是动态感。

一、静态感的版式

图文编排以水平或垂直方向排列，图片是最通常、最单纯的四边形，是照片的标准形，很稳重且不造成版面空间的浪费。或是采用出血版的照片，也属于方版的一种，由于图像覆盖整幅版面，视线被引入到画面当中，表达出高格调的静态感。此外，图像本身在内容与形式上稳定、平静、严肃、内向也给人静态感。

二、动态感的版式

图文编排打破水平垂直格局，以倾斜、旋转等活跃的形式呈现。图像使用抠底图片或是嵌入多形态外框中，弱化了图像与背景的生硬对比，形成感性、优雅、外向的形象。图像本身的内容形式倾斜、凌乱或激烈，产生出生动、活跃的氛围。

三、动静性与视觉格调的关系

静态感的版面对应实用性格调与精神性格调；
动态感的版面对应随和性格调。

左上图. [动态感的版式] 品牌字体立体斜排，醒目有力。冲浪者正乘风破浪，广告营造出强烈的动感。

上图. [动态感的版式] 咖啡与牛奶的交融表现得极为动感，增添了广告的活力。

左图. [静态感的版式] 照片本身带给人安静、华贵的美感，加上版面中简单的文字，属于典型的静态感的版式。

第四节 图文率

图文率是指版面中图片与文字的比率。文字是理性的，照片是情绪性的。文字是逐字阅读，慢慢地传达内容；而照片和插图是瞬间传达的，快速传达感情。

一、文在版面中的功效
文字是理性说明的。以文字为中心的版面充分表达理性、合理的形象。相反，照片情绪性强，直扣读者的心扉，但光有照片往往使人摸不着头脑，在照片上加上若干文字说明，才能使传播效果达到最佳。理性的文字和情绪性的照片按需要组合才能达到最佳效果。

二、图在版面中的功效
版面中图片的比率越高，版面的视觉度就越高。要使大量信息能够轻松阅读，通过把一部分文字换成图片或标识，用插图形象地告知内容，传播效果将大大提升。调查发现，几乎所有那些令人厌烦的信息量过大的版面，通过提高视觉度就能变得使人产生好感。

三、图文率与版面格调的关系
实用性格调是以文字为主体的；
随和性格调中图文的比率相当；
而精神性格调版面中图片为主体。

上图. [文字在版面中的功效] 更多注解性的文案令广告具有务实感。

下图. [图片在版面中的功效] 没有任何的文案说明，极简的摄影支撑版面，提升了广告的奢华感。

第五节 文字跳跃率

跳跃率是指大标题字与版面主体正文的大小比例。

一、小跳跃率是清雅的、高品质的

标题字级与正文字级的差别不十分显著，字体倾向使用细线条的款式，这样产生出雅致精细的感觉，与内敛、高品质的精神性格调气质相符。

二、中跳跃率是务实的

标题大小设置得较为适当，既不张扬，也不含蓄，表达有节制、诚实的形象，与务实、没有虚夸的实用性格调气质相符。

三、大跳跃率是活跃的、轻松的

标题字级与正文字级的差别很大，标题使用粗款字体，标题醒目，甚至夸张，给人强有力的对比感，版面的活跃度也被调动起来了。大跳跃率对应随和性格调。

四、文字跳跃率与视觉格调的关系

文字跳跃率低的版式对应精神性格调；
文字跳跃率中的版式对应实用性格调；
文字跳跃率高的版式对应随和性格调。

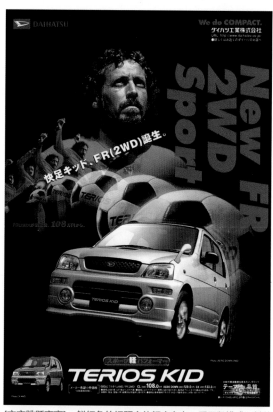

[文字跳跃率高] 鲜红色的标题字体粗实有力，采用竖排式，其他文字排列也相对活跃，与广告动感强劲的视效相一致。

[文字跳跃率高] 大号的标题文字与正文对比显著，但由于字体本身是优雅的罗马体，且均水平方向排列，缓和了跳跃感。

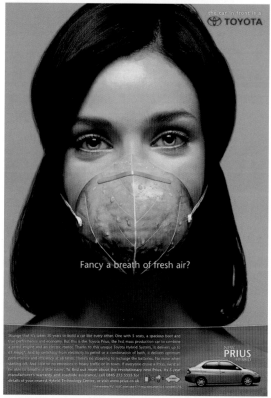

[文字跳跃率低] 标题与正文的字级大小差异很小，产生高雅脱俗感，属于精神性格调的排版手法。

第十二章 广告设计中的视觉艺术与视觉个性

一、艺术力决定广告力

广告具有美丽的形式感与艺术感会为传播效果加分，这是源自受众对美的心理追求。合乎美学标准是广告设计的必然要求，受到流行文化的冲击，求新、求变、求个性成为现代消费审美心理的特点，单纯的美观大方、和谐美好几乎等同于中规中矩。在每张广告作品中尝试新式的视觉表达，避免套路，甚至是采取

极端个性化的视觉手法，以纯粹的视觉艺术夺人眼球，这在当代广告作品中已形成趋势。面对令人怦然心动的广告艺术，消费者已不会再去设防，艺术的魔力在商业中自由驰骋。

二、差异化决定个性化

差异化竞争需要多样的形式风格赋予品牌以不同的气质。品牌定位的差异、受众审美的差异、产品性能的差异，都需要相应的形式美感加以准确诠释。突现个性方能突破重围，对视觉个性的追求源自市场差异化竞争的客观要求。

[广告之艺术手法] NIKE广告。随意大胆的图片拼接创造出前所未见的视觉形式感，独特个性的画面拥有强大的视觉吸引力。

三、艺术与个性的阐释手法

1. 原味的经典美学
广告画面构图采用最原味、最经典的美学形式。
（1）对称
各要素间以一点为中心，取得左右或者上下同等、同量或同形的平衡。对称分为左右式、上下式及放射式对称。对称产生传统、经典、高贵、大气感。对称是美学地位最高的形式手法。
（2）重复
重复是以相同或相似的形、色为单元，做有序的排列构图。重复的元素形成视觉强势，引起关注。重复产生秩序美感。
（3）渐变
将重复的单元通过渐大、渐小、渐短、渐长、渐明、渐暗等方式产生层次变化的排列，能产生律动的美感，富有韵律。

2. 艺术至上的广告艺术品
商业利益让位于艺术，感性取代理性，以纯艺术审美标准决定广告形式与内容。

3. 新技术新视觉
借助最新的视觉技术手段产生出的前所未见的视效，先"视"夺人。

4. "玩"视觉
抱以"玩"的心态，趣味至上，将奇妙的视错觉游戏纳入广告画面，这样的玩也足够前卫。

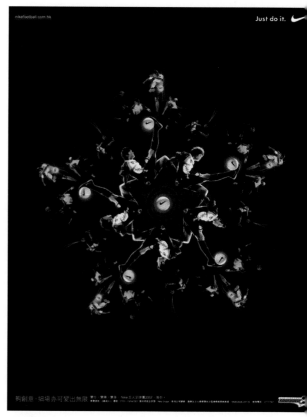

上图. [广告之艺术手法] NIKE广告。万花筒中的迷幻图案成为这则NIKE广告的视觉形式。

[广告之艺术手法] NIKE广告。合成技术造就出超现实的独特视效。

[广告之艺术手法] NIKE广告。经典唯美的海螺纹成为这则耐克广告借用的手法。

上图. [广告之艺术手法] 旅游广告。中心发散的构图形式将金色的海滩表现得极致美妙。

中图. [广告之艺术手法] 汽车广告。构图采用的是螺旋纹，给人无穷尽的空间感。

下图. [广告之艺术手法] 汽车广告。地平演变为球体，形式感很强。

[广告之艺术手法] 汽车广告。45度角斜向分割出若干宽度不一的条带，并灵活嵌入与主题关联的多个图片，间隔排布，形成形式突出的新意画面来。

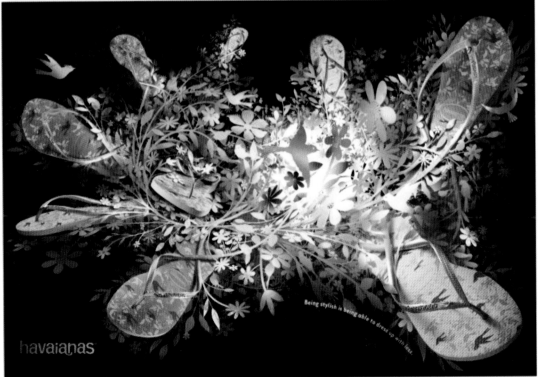

[广告之艺术手法] havaianas人字拖广告。广告采用了装饰主义艺术风格与表现手法。

[广告之艺术手法] NIKE广告与体育赛事广告。两则广告的视觉创意具有异曲同工之妙，流动的线条是广告最具观赏性的部分。

第十三章
广告的视觉修辞与图形创意

第一节 概念认知

一、何为视觉修辞

有了最基本的语法规范，我们就可以顺畅合理地表达意义，但若想让语言具有更强的感染力、表现力，就要用到修辞。修辞是加强言辞或文句效果的艺术手法，视觉语言同样如此。广告表现中为了增强广告概念的表现力，我们会运用"视觉修辞"。所谓视觉修辞，是一种以图形、图像为媒介，通过视觉符号的重新组合，获得崭新创意的"语句"。

值得注意的是，由于视觉表现手法的综合性，往往一个广告作品中可以混合多种视觉修辞方式。

二、何为图形创意

所谓图形创意，是指视觉图形的创新性表达。视觉因为感性多变而具有未知的吸引力。视觉的表现形式倘若一成不变、墨守成规便失去了本质的魅力。缺少创新的视觉是没有生命力的。图形创意"玩"的是视觉的游戏，围绕"视觉"往往可以从以下方面寻找到灵感：
1. 视觉修辞；
2. 物象的形态、造型、结构、质感的模仿；
3. 视觉角度。

第二节
视觉修辞与图形创意手法

一、比喻

视觉比喻是把要表达的内容作为本体，通过关联的喻体去表达内容的本质特征，喻体和本体之间在形式上常常利用形态上的相似点，通过拼合的方式组合同构在一起。这种方法常常可以把抽象的概念用形象化、易于理解的方式表达出来。同时，比喻可以引发受众与广告互动，受众通过思考参与广告过程，从而加深广告印象。

视觉比喻与视觉同构在手法上的不同之处在于，视觉比喻中，喻体在与本体相组合时要做到尽量的自然、逼真，而同构则保留嫁接的生硬感、拼合感。

[比喻] 零售店广告。广告诉求概念为便利店商品的实惠、便宜。用零售店中便宜的各色商品代替零钱罐中的钱币、零钱包中的钱币或是卖艺者接受施舍的帽子中的零票，以此比喻商品的便宜。

左图. [比喻] 早间新闻电视节目广告。广告语"早餐时获得时事新闻"。将新闻主播比做与你共进早餐的朋友，寓意获取新闻是您早餐内容的一部分。

下图. [比喻＋夸张] 醒脑饮品广告。将饮品强劲的提神醒脑功效用夸张的手法比喻为轰鸣的飞机与拆房的大铁球对沉睡者大脑的刺激作用。

二、视觉夸张

对事物的特征、功能、价值、程度等方面做视觉上的着意扩大或缩小。超乎现实的、离奇的视觉表达旨在旗帜鲜明地彰显出产品的利益特点。受众在这种充满冲击力的夸张表现中，深受震撼。

视觉夸张与创意手法中的夸张手法区别在于：前者是借由视觉手段夸大与现实的差距，属于图形创意的手法；后者是创意概念上的夸张，而落实出来的广告画面在视觉关系上合乎正常，但逻辑解释非常规。

上图. [夸张] 低油耗汽车广告。手中的加油器被极度地缩小，寓意汽车拥有超低的油耗。

左上图. [夸张] 重型机械设备广告。将整个庞大的建筑拔地举起，超乎现实的夸张表达比喻该重型机械无比强大的力量。

左图. [夸张] 瘦身酸奶饮料广告。缩窄的衣架及缩短的皮尺寓意饮用瘦身酸奶饮料后神奇的瘦身作用。

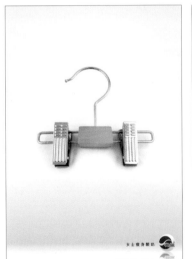

[夸张] 机能饮料广告。弯腰低头的球篮或是大树，主动缩短了与小朋友的距离，以此夸张手法，是为表达饮料给饮者带来的强大能量。

三、借代

用一件事物代替所要表达的事物的视觉修辞手法，但形态之间没有关联，即不追求两个物体间形态上的相似或模拟，关键是把握寓意相连，具有较强的间接说服力。

右图. [借代] 禁烟广告。用香烟代替子弹，寓意香烟对健康的杀伤力。

[借代] SEIKO闹钟广告。用扎手的仙人球或是烫手的火炭代替床头的闹钟，寓意闹钟对沉睡者的警醒作用。

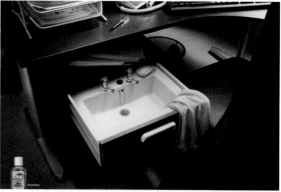

[借代] Dial干洗式洗手液广告。用洗手池替换汽车中的放物盒或是办公室的抽屉，喻示在洗手不便的条件下Dial洗手液方便的干洗功效。

[借代] 预防艾滋病广告。用毒蝎或是毒蜘蛛代替性爱者，寓意不正当的性行为招致艾滋病的潜在危险。

四、重复

语言的重复可以强化记忆并使得语气具有分量，视觉的重复同样具有此功效。视觉有序的重复造就视觉力量，与寓意相连后具有夸张的说服力。

此外，重复本身在美学上也具有很高的地位，往往可造就出极富形式感的画面来，令画面具有记忆特点。

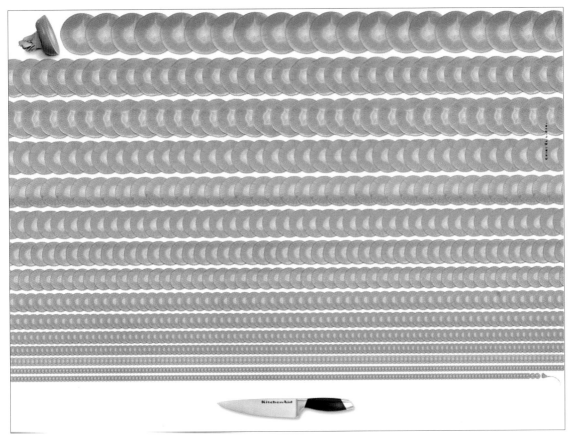

[重复] 刀具广告。大量重复的胡萝卜片构建出画面独特的视觉形式感，与此同时让受众领略到优越的产品性能。

[重复] 杀虫剂广告。重复排布的拖鞋或是报纸卷，形成喷射而出的喷雾，寓意杀虫剂强大的杀虫功效。

五、视觉类比

将两种具有相似形态、质感的不同物形同时铺设出来，产生视觉上的比对。外表上的相似带出意念上的联想，从而阐述产品的利益点。

视觉类比的广告往往是将两幅具有相似形态（或质感）的图片的并置摆列，受众在比较相似特点的过程中玩味视觉，获得启发。

[类比] 家居用品广告。针对女性受众，将产品造型和女性类比，使人产生美好遐想。

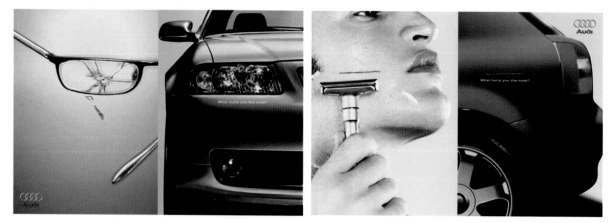

[类比] 奥迪汽车广告。利用视觉类比，表达对品牌的珍爱。

六、视觉对比

视觉对比是将两个事物间的性质差异通过视觉手段加以呈现，通过反差、对照获得概念。对比所触及的层面与角度可以很多样，比如材质上的对比、性能上的对比、结果上的对比等等。对比符合消费心理，视觉对比更是以形象直观的手法彰显出产品的优势性能。若借助幽默、夸张的表现，会令创意更加绝妙。

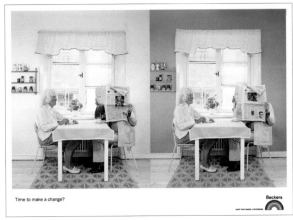

[对比] 感冒药广告。原本坚硬的木棒、铁锤、砖块被"脆弱"的瓷瓶、玻璃杯、灯泡所击碎，坚硬与脆弱的较量，意想不到的结果，是为说明感冒药强大的功效。

[对比] Beckers涂料广告。通过左右两幅图的对比，说明明快的涂料色彩改变了居室环境，也照亮了身在其中的人们的心情。

七、比拟

比拟分为拟人和拟物。拟人是把事物人格化的视觉修辞方式，赋予非人类的东西以人的思想、情感、行为和语言，增强人性色彩。拟物是将人"物化"，人用非人的物体，或是动物来替代，或是甲物乙物化，都是十分形象化的表意手法。

比拟手法往往具有亲切、诙谐的视觉语气，加之形象化的比喻，十分易于理解，因此很能获得受众的信赖。

[比拟] 啤酒广告。啤酒瓶被拟人化，在环境宜人的林中漫步。

[比拟] 摩托车广告。动物被拟人化设计后，驾驭着摩托车穿行于夜晚的城市街道。

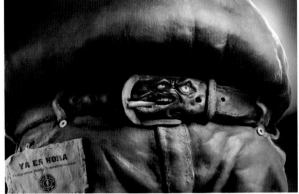

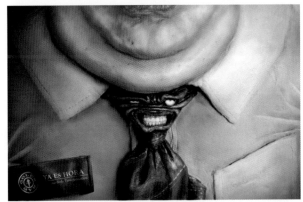

[比拟] 百事可乐广告。将柠檬拟人化处理，相互搏斗中产生充足的柠檬汁来，寓意柠檬可乐含有丰富的柠檬成分。

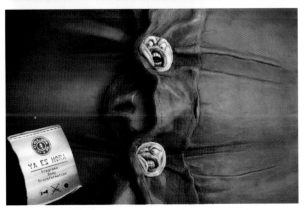

[比拟] 瘦身中心广告。将肥胖者紧绷的衣衫拟人化，隐喻肥胖的苦恼，宣传健身减肥的功效。

八、图形双关

一形多义、言此在彼的视觉修辞方式。广告中，观察角度的改变、主体形态的稍加演绎就能带来精彩的双关图形。利用图形在形态造型上的相仿性来传递内在相互关联的双重概念。

双关图形和同构图形的区别在于：双关图形不是甲物与乙物的刻意嫁接，而是注重保留物象整体性，难以分割。双关图形是一物形态似另一物；同构嫁接的图形是两个（或多个）物体拼装为一个物体。

[图形双关] 碧浪洗衣粉广告。洁白的衣物塑形成台灯、灯泡、蜡烛形态，焕发明亮的光泽。寓意洗衣粉超强的洁净力。

[图形双关] 动物保护组织广告。广告语"双手关爱"，用手型逼真模拟人类的动物伙伴，体现关爱主题。

上图. [图形双关] 面包房广告。面包形态模拟意大利比萨斜塔、德国啤酒、法国蜗牛的造型，寓意该品牌面包拥有正宗的欧式口味。

右图. [图形双关] 去油污液广告。将可怕的厨房油污模拟为蝎子、乌贼、毒蛇，反向衬托出产品超强的去油污能力。

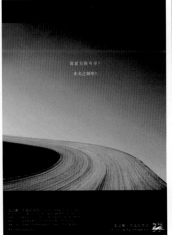

[图形双关] 龙之媒广告文化书店广告。将书塑形为眼睛、道路、翅膀的造型，分别点明"看清市场需求"、"寻找创意出路"、"获取设计飞跃"的创意概念。

九、同构嫁接

出于概念上的共同特性，将毫不相干的两个事物合并，共同构建出一个全新的事物。新奇的视觉，形象化地实现了广告的诉求。

双关图形往往是模拟现实存在的物象形态；而同构图形产生出的物象往往是非现实的，因此，视觉更富于戏剧感、趣味性。

[同构嫁接] WELLA染发剂广告。秀发与笔刷的同构嫁接，表述了染发剂如同艺术绘画般的能力。

[同构嫁接] 吸尘滚筒产品广告。该产品是用来去除掉落在衣服上的头发、灰尘的一种除尘类产品。在该产品上嫁接上头发，幽默地说明其超强的功效。

[同构嫁接] FedEx快递公司广告。FedEx的邮包与快递邮品嫁接，一方是递出方，一方是接收方，以此形式说明快递的快速、高效。

[同构嫁接] FedEx快递公司广告。广告语"中国到亚洲各地，一日达"。将两个不同国家城市的标志性建筑进行嫁接，城市之间是FedEx的速递人员，空间、距离似乎不复存在，以此手法说明快递的快速、高效。

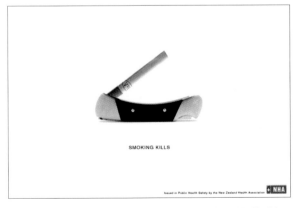

[同构嫁接] 戒烟广告。将香烟与其他物件组合，形成定时炸弹、铡刀，形象地告知吸烟的危害性。

十、局部象形

从产品的某一局部出发，充分发挥对形态的联想，巧妙将产品造型或品牌形象模拟物象、隐喻概念、实现诉求功能的传达。这一手法要求创作者有良好的观察力和视觉的想象力。

局部象形是相对于整体象形的双关图形而言的，局部象形手法体现出创意者从细节局部出发的独特观察角度。

[局部象形] 汰渍洗衣粉广告。飞溅而出的食物酱汁或是咖啡液体的局部形态被模拟为女性脸庞，正与用衬衫局部皱折模拟出来的男性亲吻，污渍与衣物何以如此放任亲密？以此手法反向证明汰渍的去污力。

[局部象形] Contrex纯净水广告。将饮料瓶的局部形态模拟为优美的女性身材，寓意该饮料产品具有减肥塑身的功效。

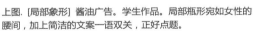

上图. [局部象形] 酱油广告。学生作品。局部瓶形宛如女性的腰间，加上简洁的文案一语双关，正好点题。

右图. [局部象形] 潘婷洗发水广告。广告语"秀发的力量"。将头发的局部形态模拟为飓风、海啸的形态，夸张点明创意概念。

十一、聚集成形

聚集成形亦属于象形手法，只是从单个物象的象形转向将单个物象重复，排列组合后象形。聚集成形分两类：

一是将产品形态作为单位元素进行聚合，构成某一具有象征概念的物件；

二是将某个具有象征概念的物件作为单位元素进行聚合，构成产品形态。通过形态与意念的关联度与联想性，实现广告诉求。

聚集成形手法与视觉重复手法的区别在于：前者虽是物象的重复排列，但排列后追求形态的模拟；后者仅是较为单纯有序的排列，不追求象形。

[聚集成形] SUBWAY快餐广告。将面包聚合形成麦穗图形，以体现产品的全麦食材特点。

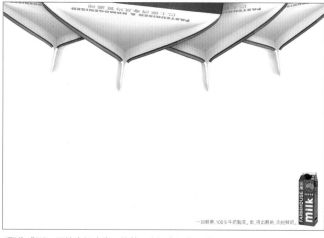

[聚集成形] 天纯牛奶广告。将若干牛奶盒聚合形成奶牛的乳房，表现牛奶的新鲜。

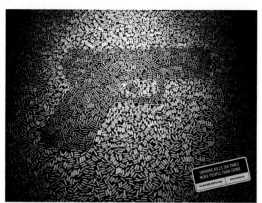

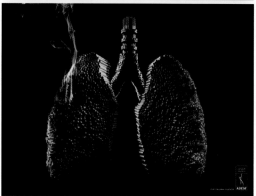

上图. [聚集成形] 薯片食品广告。将若干薯片包装聚合排列，形成海浪形态，表现海鲜口味。

右图. [聚集成形] 禁烟广告。聚集的香烟构成手枪的形态或是构成肺的形态，以此手法点明主题。

十二、倒影象形

倒影象形无疑也属于象形手法，它是从物象本体的象形转向物象的影子象形。实物与影子的关系是本体与喻体的关系。利用产品倒影形态的设计，暗喻产品的功能特质。

[倒影象形] 汽车广告。利用倒影成形引发想象，将意大利名包、名鞋与汽车组合，隐喻该款意大利名车的档次与格调。

[倒影象形] LEGO玩具广告。积木拼装后与形成的倒影呼应，暗喻积木对儿童想象力的开发。

十三、文字成形、符号成形

类似在玩文字拼图游戏。将文字拼出图形来，使其兼具文字与图形的双重角色，从单一的信息表述发展为与图形合并的新形式。

同样，将一些公共标识符号做图形创意，使得符号本身指示的含义发生转变，也是很有趣味的。

[文字成形] 镇头痛药广告。形如头部的文字写的是"我女朋友遇见我和其他女孩在一起"和"熬夜备考"。

[符号成形] 家乐福打折广告。围绕"打折"概念，将价格的代表符号——条形码做一系列的形态创意。

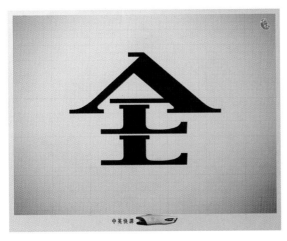

[文字成形] 中英快译笔广告。利用汉字图形化的特点结构成同意的英文字符，巧妙表达产品中英互译的特点。

[文字成形] STIHL除草、伐木设备广告。除草、伐木的对象换成了报纸版面中的大幅文字，用趣味、新意的手法形象地表现出产品的功效。

十四、借用质感

象形手法重在形态的模拟、借用或是创造，但形态不变的情况下，仅改变物体的质感，也能产生令人意外的视觉感受。通过借用的质感引发受众将本体与喻体进行联想，并最终领会到广告所诉求的产品的特性与优点。

借用质感手法是从形态模拟转向质感模拟，与象形手法有着异曲同工之妙。

右图. [借用质感] 汽车广告。用沙粒替代汽车内部构造，象征汽车休闲越野的性能。

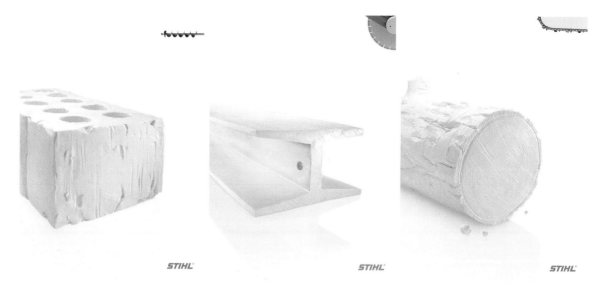

[借用质感] 电动工具系列广告。将本来坚硬的物体替换为软糖质感，反衬出电动工具无坚不摧的性能。

[借用质感] Beretta供暖系统广告。广告语"冬天做好准备"，安装了Beretta供暖系统的房屋好似换上了保暖的冬装。

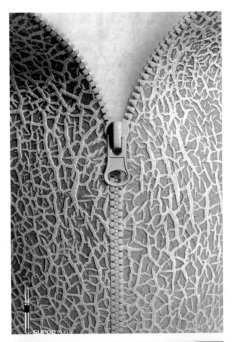

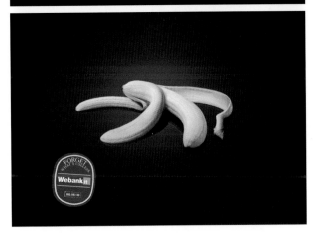

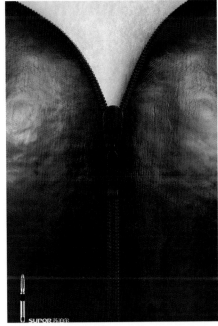

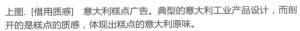

上图. [借用质感] 意大利糕点广告。典型的意大利工业产品设计，而剖开的是糕点的质感，体现出糕点的意大利原味。

右上图. [借用质感] 刨刀广告。将拉链衫改换成各种瓜果质感，刀具轻松去皮的功能不言而喻。

十五、独特视角

在之前的创意手法中，着重在于形态、质感的图形创意，对于视觉而言，形态塑造固然是一个重要方面，但同时，视觉的角度也大有文章可做。用不寻常的视角观察寻常的事物，寻常事物则变得不再寻常，成为创意的绝佳起点。

1. 用不同视角观察事物。

例如仰视、俯视、颠倒、局部、残缺、非正常角度、多视角合并等等。

2. 换位观察事物。

例如用蜻蜓的复眼、婴儿的眼光、外星人的眼光、偏激者的眼光、恶魔的眼光等等。

上图. [独特视角] 时尚杂志广告。模特与杂志封面的关系，通过摄影与独特视角的把握，取得了更具趣味与玩味的创意效果。

[独特视角] 监视设备广告。将人物正面与左右侧面合并，形成独特视角，寓意产品全方位的观察监视功能。

下图. [独特视角] DHL快运公司广告。广告语"规格不限"。视野只能捕捉到体积庞大的塑像或是大象的身体的一个局部。

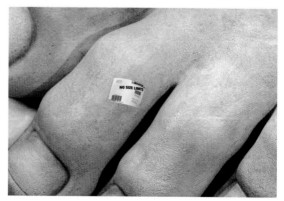

[独特视角] 标致SUV汽车广告。视觉的反转同时是概念的反转，创意通过视觉角度的创新设计，巧妙地描述了汽车的旅行功能。

十六、隐形

隐形是指主体形态的部分或全部与背景合并，隐去的形态可以通过外轮廓或其他线索捕捉得到，观者在参与思索的过程中玩味视觉，同时也领会到创意的内涵。

[隐形] 汰渍洗衣粉广告。有了汰渍，就像是给衣物穿上了隐形的围裙。

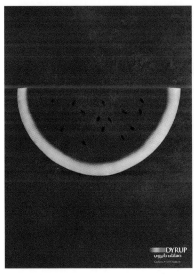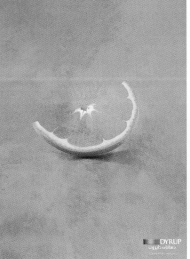

[隐形] 涂料广告。广告语"来自自然的色彩"。水果自然的颜色与涂料背景的色彩完全融合，像是隐形一般。

十七、视觉偶合

通过调换视觉角度，将多个原本无关的事物进行巧妙组合，偶然的趣味组合造就独特的画面景象，借以表现主题，诉求概念。偶合手法的运用要求设计师具有良好的观察力与想象力，更换视角，发掘不同事物间的关联性。

[视觉偶合] 生态保护公益广告。文案是"当你忘了关灯，不只是你在付出代价"。壁纸图案所具有的独特寓意，借由图案与灯光的偶合，传达出这一概念来。

左图. [视觉偶合] 儿童杂志广告。巧合的阅读场景，寓意杂志的趣味性。

下图. [视觉偶合] 啤酒广告。视觉的偶合将啤酒、美女、浪花串联起来，寓意啤酒美好的口感。

[视觉偶合] 野生动物园广告。视觉的偶合带来游客与狮子拼合出来的有趣面孔。

十八、透叠合构

透过一个物体明朗清晰的轮廓剪影，展现另外一种具
体情景。这两种物象，一个相对抽象，偏图形化；一
个相对具体，偏影像化，彼此存在内涵上的联系。透
过新鲜独特的视觉表象，表达内在的深刻寓意。

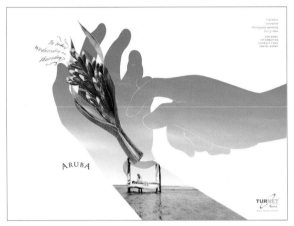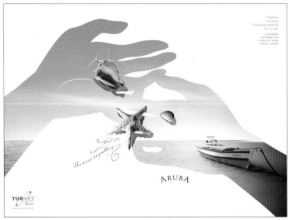

[透叠合构] 旅游广告。图形化的双手与海湾影像叠构，将亲手接触自然、体会自然之美这一理念艺术地展现于作品中。

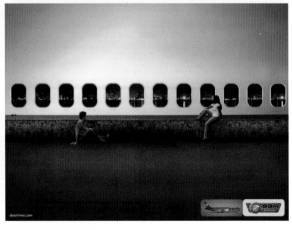

[透叠合构] 航空公司广告。机身内部完全透明，用自然美景替代，让人玩味惬意的旅途情景。

十九、透视

透过一个物体看另外一个物体。例如，透过水、雾、烟、玻璃看世界等。透过的物体与看到的世界，两者间或许是现象与本质的关系、写实与写意的关系，抑或是功能与价值的关系。

二十、正负形态

正和负形相互借用、相互反转，负形（虚形）往往是真正要树立的形态，表达与主题相关的意义。正负形态相互依存、共融共生也传达出两个概念间的密切关联。巧妙的视觉转换带来观看的趣味。

上图.[透视] 酒广告。透过酒瓶所见的女性充满诱惑，寓意酒的魅力。

左图.[透视] NIKE游泳广告。非常知名的一幅广告作品，通过水上水下的独特视角，呈现给人柔美的脸庞和充满力量的躯体，写意地诠释出运动赋予人美感。

[正负形态] 环保公益广告。正负形的应用使得黑白色彩并不单调。

第四部分 媒体篇

第十四章 报纸广告

一、概念

刊登在报纸上的广告。报纸是一种印刷媒介（print-medium），它的特点是发行频率高、发行量大、信息传递快，因此报纸广告可及时广泛发布。

二、报纸广告版面类型

1. 报花广告
这类广告版面很小，形式特殊。不具备广阔的创意空间，文案只能作重点式表现。

2. 报眼广告
报眼，即横排版报纸报头一侧的版面。版面面积不大，但位置十分显著、重要，引人注目。这个位置用来刊登广告，显然比其他版面广告注意值要高，并会自然地体现出权威性、新闻性、时效性与可信度。

3. 单通栏广告
单通栏广告是广告中最常见的一种版面，符合人们的正常视觉，因此版面自身有一定的说服力。

4. 半版广告
半版与整版和跨版广告，均被称为大版面广告，是广告主雄厚的经济实力的体现。

5. 整版广告
整版广告是我国单版广告中最大的版面，给人以视野开阔、气势恢宏的感觉。

6. 跨版广告
跨版广告即一个广告作品，刊登在两个或两个以上的报纸版面上。一般有整版跨版、半版跨版、1／4版跨版等几种形式。跨版广告很能体现企业的大气魄、厚基础和经济实力。

报纸除了传统的版面规格，特殊规格的广告版面在媒体竞争中也孕育而生。它提供更多甚至量身定做的版面满足广告客户的需求，相应的也给设计师提供了别样的版面空间。借助版面独特的比例，设计师营造出富于新鲜感的视角效果。

三、报纸广告的独特优势

1. 从覆盖面和时效性上看，报纸覆盖面宽，宣传范围广，读者遍布社会各个阶层；信息传递迅速，时效性很强，读者当天即可与广告见面。

2. 报纸广告是"没有时间的黄金时间广告"。它不同于电视广告和其他广告媒体的形式，并没有时间上和地理上及场所的限制。报纸广告的阅读习惯来自读者确切的需求，可以让读者细细地慢慢地反复阅读，参照对比；另一方面，报纸广告便于记忆和保存，从这方面看，报纸广告的阅读寿命是可以延续的。

3. 报纸广告具有较高的威望。威望直接体现在它的权威性上。权威性是建立在真实的基础上的，同时也保证了消费者的利益，所以读者容易接受来自报纸上的广告信息。

4. 报纸广告收费低廉，刊发广告自由度较高。在报纸上刊登广告，广告主的选择余地比较大，广告主可根据自身财力和宣传需要选择不同报纸、不同版面、不同规格来进行策划和宣传。

四、报纸广告的缺点

1. 易导致阅读者对于广告的注意力分散
报纸在编辑方面内容繁多，加之由于版面限制，经常造成同一版面的广告拥挤不堪，影响读者的阅读。

2. 在内容上众口难调
报纸并不是根据人的职业和人的受教育程度来发行和销售的，因此，在不同年龄、性别、职业和文化程度的人那里，报纸的作用是不尽相同的。

3. 在印刷上比较粗糙，色彩感差
在我国，受到印刷水平的限制，在文字和图片质量上较粗糙，在图片色彩上比较单调。

4. 在发行上寿命短暂，利用率较低
由于报纸出版频繁，使每张报纸发挥作用的时效都很短。一般情况下，许多读者在翻阅一遍之后即顺手弃置一边。

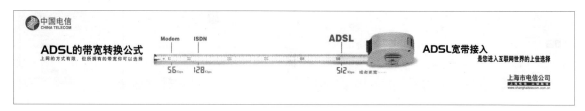

第十五章 杂志广告

一、概念

刊登在杂志上的广告。同报纸一样，属于印刷广告媒介。杂志是视觉媒介中比较重要的媒介，杂志可分为专业性杂志（professional magazine）、行业性杂志（trade magazine）、消费者杂志（consumer magazine）等。由于各类杂志读者比较明确，是各类专业商品广告的良好媒介，也有更高的保存价值。

二、版面类型

1. 全页整版(是杂志广告常用的版面)；
2. 半页：上下对分，或左右对分，或斜角对分版；
3. 1/4、1/3页版；
4. 双页满版；
5. 折页版式；
6. 插页版式。

三、杂志的功能优点

1. 杂志具有比报纸优越得多的可保存性，因此杂志广告的时效性也就很长。

2. 杂志的发行量大，发行面广。许多杂志具有全国性影响，有的甚至有世界性影响，经常在大范围内发行和销售。运用这一优势，对全国性的商品或服务的广告宣传，杂志广告无疑占有优势。

3. 杂志的编辑精细，印刷精美。杂志广告的编辑极少不规则地划分面积，力求整齐统一，这样可以争取读者的阅读，提高其阅读兴趣。同时，由于杂志应用优良的印刷技术进行印刷，具有较好的形象表示手段来表现商品的色彩、质感等。

4. 杂志可利用的篇幅多，没有限制，可供广告主选择，并施展多种广告设计技巧性变化，如折页、插页、连页、变形等，吸引读者的注意力。

5. 专业性杂志由于具有固定的读者群，使得广告宣传深入某一专业行业。目前，杂志的专业化倾向发展得很快，如医学杂志、科普杂志、各种技术杂志等，其发行对象是特定的社会阶层或群体。因此，对特定消费阶层的商品而言，在专业杂志上做广告具有突出的针对性，能产生深入的宣传效果，减少广告浪费。

四、杂志的局限性

杂志具有可同报纸广告相比的优越性，但在实际中，杂志广告的刊发量远远地小于报纸，主要是因为杂志存在许多缺陷。

首先，杂志的时效性不强。因为其出版周期长，少则七八天，多则半年，因此，不能刊载具有时间性要求的广告。

其次，现代商业服务越来越地方化和区域化，产品的地方分片销售机会远比全国性销售机会多。尤其对于不发达地区，商业消费相对集中，这在一定程度上限制了杂志广告的发展。因为在这种情况下，杂志广告的全国性发行会造成广告浪费。

第三，不少综合性杂志由于缺少专业化特色，又缺乏广泛的影响力，因而为广告主所忽视。由于具有广泛影响力的杂志为数过少，而一般水平杂志偏多，因此，广告宣传的效果不是很突出。在与其他广告媒介进行竞争时，缺乏竞争力，难以揽到广告客户。

借助杂志翻页的阅读方式与日新月异的印刷技术，设计师利用特殊的折叠、剪裁等进行设计，使广告给受众以全新的体验。

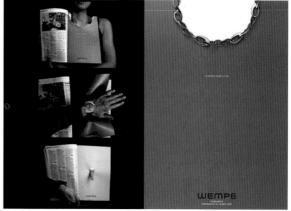

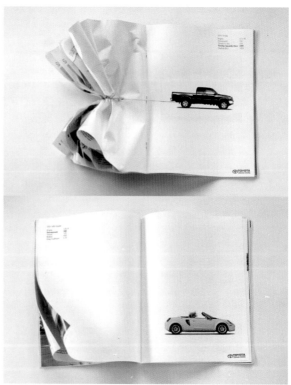

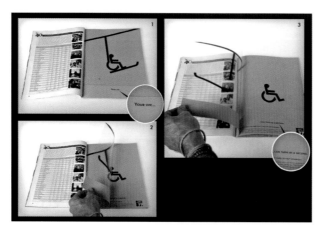

第十六章 户外广告

一、概念

户外广告（outdoor advertising）指在城市道路、公路、铁路两侧、城市轨道交通线路的地面部分、河湖管理范围和广场、建筑物、构筑物上，以灯箱、霓虹灯、电子显示装置、展示牌等为载体形式和在交通工具上设置的商业广告。

户外广告是一个很大的概念，不同的户外媒体有不同的表现风格和特点，应该创造性地加以利用，整合各种媒体的优势。

二、户外广告的媒体特点

1. 到达率高
通过策略性的媒介安排和分布，户外广告能创造出理想的到达率。据实力传播的调查显示，户外媒体的到达率目前仅次于电视媒体，位居第二。

2. 视觉冲击力强
在公共场所树立巨型广告牌这一古老方式历经千年的实践，表明其在传递信息、扩大影响方面的有效性。一块设立在黄金地段的巨型广告牌是任何想建立持久品牌形象的公司的必争之物，它的直接、简捷、足以迷倒全世界的大广告商。很多知名的户外广告牌，或许因为它的持久和突出，成为这个地区远近闻名的标志，人们或许对街道楼宇都视而不见，而唯独这些林立的巨型广告牌却令人久久难以忘怀。

为了夺取大众的注意力，户外广告越来越标新立异。

3. 发布时段长
许多户外媒体是持久地、全天候发布的。它们每天24小时、每周7天地伫立在那儿，这一特点令其更容易为受众见到，都可方便地看到它，所以它随客户的需求而经年累月。

4. 千人成本低
户外媒体可能是最物有所值的大众媒体了。它的价格虽各有不同，但它的千人成本（即每一千个受众所需的媒体费），与其他媒体相比却相对低廉。

5. 城市覆盖率高
在某个城市结合目标人群，正确地选择发布地点以及使用正确的户外媒体，您可以在理想的范围接触到多个层面的人群，您的广告就可以和受众的生活节奏配合得非常好。

三、户外广告的设计原则

1. 强有力的视觉冲击效果
由于户外广告在传播过程中容易受到周围环境和各种因素的干扰，受关注的时间相对短暂，大约只有几秒的停留时间，为了使来去匆忙的人们留下印象以及远距离观察之需，除了依赖自身的大面积之外，户外广告设计更应针对上述因素，加快视觉传达速度，满足"瞬间"观察之需。

强化视觉冲击的具体方法有：
（1）清晰的产品或品牌展示；
（2）简练的标题及广告语表达；
（3）色彩运用对比强烈且单纯；
（4）大面积留白或单纯的背景衬托；
（5）单纯化表现形式。以摄影照片、图形，或以短而生动的广告语为版面主体；
（6）构图简练，视觉流程简单。

2. 结合发布场合创意表现
户外广告身处不同的发布环境，有时，通过机智风趣的创意手法将广告信息与媒介载体巧妙结合，使得发布环境也成为广告的组成部分，取得非同一般的传播效果。我们在设计时要根据具体环境而定，使户外广告外形与背景协调，产生视觉美感。另外，户外广告要着重创造良好的注视效果，因为广告成功的基础来自注视的接触效果。

3. 与多媒体形成视觉互动
整合营销策略下的媒体计划，往往是多媒体形式的组合攻略。户外广告越加注意与电视、报刊等其他媒体的形式统一，形成视觉印象的重复，强化广告在受众心里的分量。

4. 新技术创造视觉多样化
随着新科技不断涌现，户外广告的形式日新月异。更高超的制作技艺、更高效的制作周期不断支撑着户外广告以突破想象的超大的幅面、高清晰成像品质以及前所未有的奇幻效果呈现，令创意真正得以自由驰骋。

5. 画面保持简洁单纯
简洁性是户外广告设计中的一个重要原则，整个画面乃至整个设施都应尽可能简洁，设计时要独具匠心，始终坚持在少而精的原则下去冥思苦想，力图给观众留有充分的想象余地。要知道消费者对广告宣传的注意值与画面上信息量的多少成反比。画面形象越繁杂，给观众的感觉越紊乱；画面越单纯，消费者的注意值也就越高。这正是简洁性的有效作用。

利用多媒体科技，户外广告增加了与受众的互动性。

巧妙利用人与环境的关系，户外广告更富情趣。

四、户外媒体常见类型

1. 路牌广告

路牌特点是设立在闹市地段，其特定环境是马路，其对象是在动态中的行人，所以路牌画面多以图文的形式出现，画面醒目，文字精炼，具有印象捕捉快的视觉效应。

2. 招贴广告

"招贴"按其字义解释，"招"是指引注意，"贴"是张贴，即"为招引注意而进行张贴"。招贴的英文名字叫"poster"，在牛津英语词典里意指展示于公共场所的告示（Placard displayed in a public place）。在伦敦"国际教科书出版公司"出版的广告词典里，poster意指张贴于纸板、墙、大木板或车辆上的印刷广告，或以其他方式展示的印刷广告，它是户外广告的主要形式，广告的最古老形式之一。

3. 霓虹灯广告

霓虹灯是户外广告中灯光类广告的主要形式之一，它的媒体特点是利用新科技、新手段、新材料，在表现形式上以光、色彩、动态等特点来吸引观众的注意，从而提高信息的接受率。霓虹灯广告一般都设置在城市的制高点、大楼屋顶和商店门面等醒目的位置上。它不仅白天起到路牌广告、招牌广告的作用，夜间更以其鲜艳夺目的色彩，起到点缀城市夜景的作用。

4. 公共交通类广告

公共交通类广告如车船广告是户外广告中用得比较多的一种媒体，其传递信息的作用是不容忽视的。广告主可以借助这类广告向公众反复传递信息，因此它是一种高频率的流动广告媒介。特别是公共交通车辆往返于市中心的主要街道，在车辆两侧或车头车尾上做广告，覆盖面广，广告效应尤其强烈。

5. 橱窗广告

橱窗广告是现代商店店外POP广告的重要组成部分，它借助玻璃橱窗等媒介物，把商店经营的重要商品，按照巧妙的构思，运用艺术手法和现代科学技术，设计陈列成富有装饰美的货样群，以达到刺激消费的目的。

6. 灯箱广告

灯箱广告、灯柱、塔柱广告、街头钟广告和候车亭广告的媒体特征都是利用灯光把灯片、招贴纸、柔性材料照亮，这种广告外形美观，视觉效果好。

7. 户外移动LED传媒车

此媒体形式突破户外传统高炮、定点户外LED屏的限制，能够移动宣传，指定受众。此媒体主要由LED屏幕、电脑控制系统、移动底盘、电视接收系统组合而成。

8. 其他形式

其他户外广告有充气实物广告、旗帜广告、飞船飞艇广告、地面广告等。

第十七章　网络广告

一、网络广告概述

随着因特网在全球范围的发展，互联网络已成为一个全球性的信息系统，并被人称为是继报纸、广播以及电视以后的第四大传播媒体。网络广告应运而生，成为一种最新的广告形式，并将随着网络传播的发展和电子商务的应用而成长。

二、网络广告的媒介特点

网络广告作为一种新型的广告形式，有着与其他广告形式不同的自身特点：

1. 广告信息数字化
网络广告采用数字视频、音频、图片、动画、文字等数字信息技术，通过电脑显示屏（或其他电子显示设备）播放。这种数字化的广告信息形式丰富，容量大，表现力强；可以充分吸收电视、报刊等广告的艺术优势，比如电子报纸、电子杂志、网上电视、网上广播。

2. 广告传播网络化
这是网络广告的基本特征，网络广告的媒体是国际互联网络，现在而言就是因特网。

3. 实时交互性
这是网络传播方式的实时交互性所决定的。用户可以在网上自主地选择广告内容，广告信息可以根据用户需要实时地变动，广告传播者与受众随时沟通，可以随时接收反馈的信息和达成购买意向；沟通广告查看无时限要求。

4. 广告对象的广域性
除了互联网，无论哪种媒体都受到地域的限制——报纸受发行区域限制、广播电视受频道覆盖范围限制。而对于贯通全球的国际互联网，这一限制被真正打破了，在任何一个网站上的广告都能被全球每个角落的网民所看到，关键在于他是否点击你的站点。对于邮件广告，更是可以轻而易举地全球发放，关键在于你掌握多少客户的邮件地址。针对性强，看到广告的人是当时最有可能购物的人。

5. 网络广告与营销可以一体化操作
运用网络广告的链接功能可以将广告设计成为广告与销售一体化的形式，客户能直接点击感兴趣的广告，进入购买页面，填写订单、签定合同、网上支付，完成消费行为。这也是其他广告形式所不能达到的。

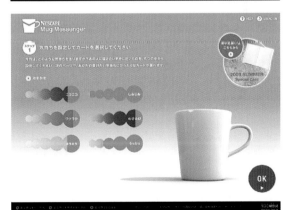

三、网络广告的主要形式

1. 网幅广告 (Banner)

网幅广告是网络广告中最重要、最有效的广告形式之一，分为横幅和竖式两种，横幅广告一般出现在网站主页的顶部或底部，竖式广告一般设在网站主页的两侧。一般每个网站主页上只有一个Banner广告，因其注目性强、广告效果佳而收费最贵。为充分利用网页广告区块，不同厂商的网幅广告可以滚动式出现在同一位置，这样一来分摊了广告费用，降低了广告成本。网幅广告因为不可能占据太大空间，在设计上往往只是提示性的，可能是一个简短的标题加上一个标志，但一般都具有链接功能，引你走向更深处。

2. 电子邮件广告（E-mail Advertising）

电子邮件广告是通过互联网将广告发到用户电子邮箱的网络广告形式，它针对性强，传播面广，信息量大，其形式类似于直邮广告。

3. 网上分类广告

网上分类广告也是一种常见的广告形式，它的形式原理和报刊上的分类广告专栏相似，主要的区别是网上分类广告利用超级链接，可以使用详细的分层类目，构建庞大的数据库，提供最详尽的广告信息（也可以链接到广告主的网页上）；可以利用强大的数据库检索功能让用户方便地获得自己需要的广告信息，同样也能让你方便地发布自己的广告。

4. 自动弹出式网上广告（Pop-Up Ad）

自动弹出式广告也称"插入广告"、"弹跳广告"，当你进入某一个网页，就有可能自动跳出一个窗口（大小约为正常网页的1/4或更小），内含广告图片和标语，甚至伴有动画和声音，用跳动的图标和字眼呼唤你去点击。这种不请自来的广告形式出现太频繁有时会招人厌，安装专门软件可以滤去此类广告。

5. 链接式广告

链接式广告往往所占空间较少，在网页上的位置也比较自由，它的主要功能是提供通向厂商指定网页（站点）的链接服务，也称为商业服务链接(Premium Sites)广告。链接式广告的形式多样，一般幅面很小，可以是一个小图片、小动画，也可以是一个提示性的标题或文本中的热字。

6. 网站栏目广告

一些综合性网站和门户类网站都设有很多专栏，提供诸如新闻、娱乐、论坛等各方面的内容和活动。在网上结合某一特定专栏发布的广告通常称为网站栏目广告。这类广告很大一部分是赞助式广告，一般有三种赞助形式：内容赞助、节目赞助和节日赞助。赞助式广告形式很多样，广告主可根据自己所感兴趣的专栏内容或节目专题进行赞助。

7. 网页广告（Homepage Ad）

网页广告就是通过整个网页广告的设计传达广告内容。企业的网页广告一般做在自己的主页上，在其他网站媒体上通过购买带链接的广告形式可让客户点击到达。知名的大型企业访问率高，会有用户主动检索、点击；而那些规模和市场很小的企业，知名度还很低，即使建设了独立的网站，也无人知晓，所以还不如通过网络服务公司代理运作，在一些知名的网站媒体上登广告。

8. 在线互动游戏广告（Interactive Games Ad）

这是一种新型的网络广告形式，它被预先设计在网上的互动游戏中。在一段页面游戏开始、中间、结束的时候，广告都可随时出现，并且可以根据广告主的产品要求定做一个属于自己产品的互动游戏广告。随着家庭电脑上网的普及，在线电脑游戏作为一种新型的娱乐休闲方式越来越受到用户的欢迎。免费好玩的电脑游戏对许多青少年有很大的吸引力，所以开发网上游戏广告有很大的市场前景。

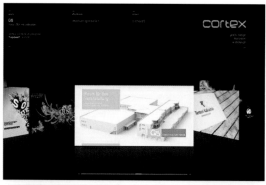

课程作业

1. 整理以利益策略为主的广告案例，以PPT形式展示并加以点评。

2. 选择同类产品广告，从目标策略着手，进行案例点评。

3. 以退底、合成、色调质感为分类，收集相关案例点评，并以NIKE品牌为题，利用类似技法完成广告设计系列作品四幅。

4. 从版面格调入手，归纳典型的实用性、随和性、精神性广告版式案例，并点评。

5. 选择典型的实用性格调广告作品，进行临摹。

6. 选择典型的随和性格调广告作品，进行临摹。

7. 以"口香糖"为例，列举其产品利益。

8. 以"牙膏"为题，进行思维导图训练。

9. 从图形创意角度，收集广告作品，进行比喻、双关、借代等分类，并点评。

10. 参看本书第20页中的《雀巢咖啡创意简报》，进行平面广告创作。

参考书目

《广告创意学》，金定海　高等教育出版社，2007.2
《美国广告设计实用教程》，（美）蓝达（Landa，R.）上海人民美术出版社，2006.12
《简明版面设计》，内田广由纪 中国建筑工业出版社，2005.5

图书在版编目（ＣＩＰ）数据

平面广告设计／徐阳，刘瑛编著．－上海：上海人民
美术出版社，2010.6
（中国高等院校广告与设计系列教材）
ISBN 978-7-5322-6615-9

Ⅰ.①平... Ⅱ.①徐... ①刘... Ⅲ.①广告-平
面设计-高等学校-教材 Ⅳ.①J524.3

中国版本图书馆CIP数据核字（2010）第088712号

中国高等院校广告与设计系列教材

平面广告设计

编 著：徐 阳 刘 瑛
责任编辑：邵水一
装帧设计：刘 瑛
技术编辑：季 卫
出版发行：上海人民美术出版社
（上海长乐路672弄33号）
网 址：www.shrmms.com
印 刷：上海市印刷十厂有限公司
开 本：787×1092 1/16 9印张
版 次：2010年6月第1版
印 次：2010年6月第1次
印 数：0001-4000
书 号：ISBN 978-7-5322-6615-9
定 价：39.80元